KB157275

바보 바보

이외수 소망상자

바보 바보

채냄

저는 세상과 타협하는 방법을 아직 모르고 있습니다.
그러나 세상과 조화하는 방법은 조금 알고 있습니다.

차 례

1 하늘 보기

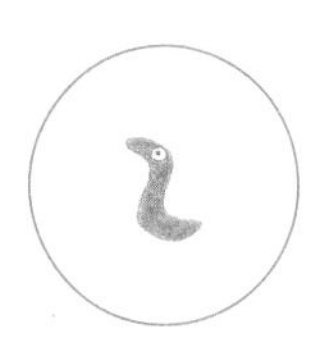

2 동물 보기

3 식물 보기

4 인간 보기

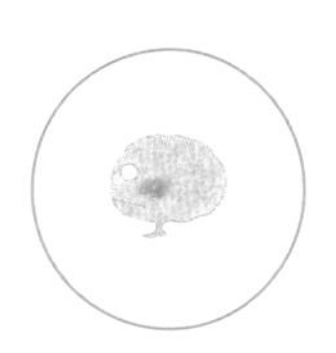

5 빈손 보기

1장

하늘 보기

하늘,
내가 저걸 통째로 훔쳤는데
아무도 눈치 채지 못했습니다

물기 어린 음표들로 안부를 묻다

모든 언덕은 그리움을 되살아나게 합니다.
거기 개망초가 어지럽게 피어 있고
이따금 한 무더기 바람이라도 지나가면
잊혀진 이름들이 떠오르지요.
울지 마라. 울지 마라. 울지 마라.
개망초들 나지막이 속삭이면서
물기 어린 음표들로 흔들립니다.
집필중 이상무.

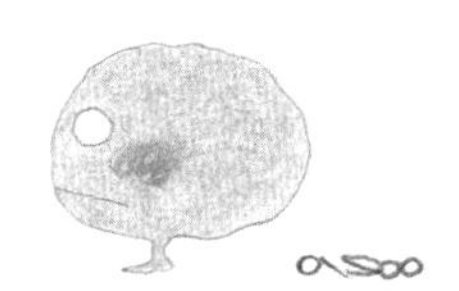

유배일기

저녁을 먹고 식곤증 때문에 잠시 조각잠을 잤다. 잠을 깨니 빗소리가 들린다. 지독한 폭우다. 텔레비전에서는 춘천 지역에 호우를 동반한 돌풍이 몰아쳐서 가로수가 부러지고 무수 관공서 현관 유리가 박살났

다는 뉴스를 보도하고 있다. 자동차들이 도로를 내달리는 소리가 해변의 파도소리를 연상시킨다.

올해는 주체하기 힘들 정도로 비가 많이 내린다. 날씨도 예전 같지 않다. 비만 내리면 심신이 천 근처럼 무거워진다. 이럴 때는 감각이 지나치게 예민하다는 사실이 차라리 부담스럽다. 술을 한잔 마셔볼까 하

다가, 아서라 독자들 눈 흘기시는 모습이 머릿속에 어른거려서 재빨리 보이차로 생각을 바꾸어버린다. 예전에는 고독을 치유하는 영약으로 느껴지던 술이 지금은 고통을 초대하는 독약으로 느껴진다.

리모콘을 집어들고 채널을 이리저리 바꾼다. 한국어판 내셔널 지오그래픽에서 마니산의 비밀을 캐고 있다. 구미가 당기는 프로그램이다. 하지만 날씨 때문인지 전파가 몹시 불안정해 보인다. 화면이 자주 경련

을 일으키더니 급기야는 절명해 버린다. 아무리 기다려도 먹통이다. 다시 채널을 이리저리 바꾼다. 갑자기 생기가 도는 화면이 나타난다. 에로 영화만 방영해 주는 채널이다. 나이 들어도 저런 화면에서는 저절로

시선이 고정된다. 그런데 빌어먹을. 저 넘들은 왜 툭 하면 같은 영화를 몇 번씩이나 재탕해 먹고 있는지 모르겠다.

채널을 이동시키다 보니 이번에는 파리 란제리 컬렉션이 연출되고 있다. 오늘 싸이클은 막무가내로 천박하고 야스럽다. 다시 채널을 바꾸니 다짜고짜, 조까고 나빌레라 어쩌구 하는 대사가 튀어 나온다. 우측 상단에 떠 있는 타이틀을 보니 〈네발가락〉이라는 한국영화다. 나는 네발나비라는 곤충이 떠올랐지만 영화는 자연과는 아무런 상관이 없어 보인다. 리모콘을 던져버리고 자판을 끌어당긴다. 빗소리가 기세를 죽이고 있다. 갑자기 아무런 이유도 없이 머릿속이 망연해진다. 새벽 네시 십 분. 이 시간에 누가 비에 젖어 우리 집 대문 앞에 서 있는 것일까. 간헐적으로 개 짖는 소리가 들리고 있다.

춘천에는 오늘도 비가 내리네

글 쓰다 지쳐서 쓰러졌는데
머리맡 가득히 강물만 불어나고.

오늘은 채찍을

사람들은 대개 우산이 없이 거리를 걷다가 비가 내리면 빨리 걷고 눈이 내리면 느리게 걷는다.

얼마나 현실적인가.

타성을 따라 살아가는 인간은 현실에 자신을 재단하고 살아가는 일을 합리화하면서도 현실을 부정하는 특성을 버리지 못한다.

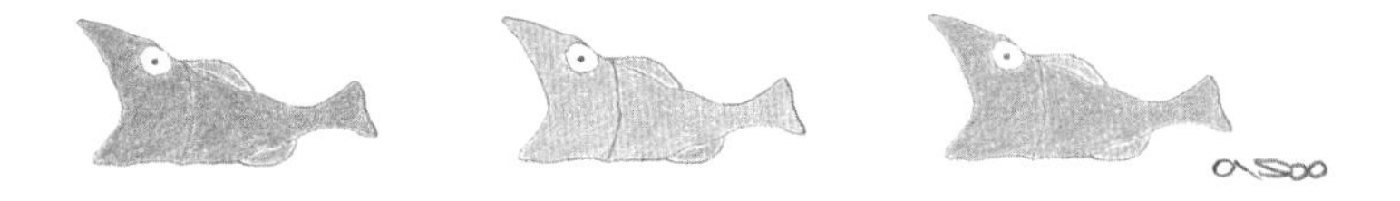

그대의 인생은 절대적으로 그대가 경영할 권리가 있다. 하지만 그대는 혹시 그대의 인생을 스스로 방기하고 있는 것은 아닐까.

정말로 주관대로 인생을 살아가기는 어려운 법이지만 자신을 주관

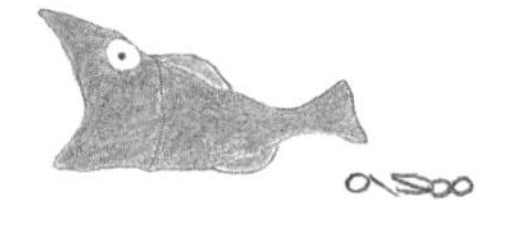

대로 살아가는 인간으로 발전시키기 위해 부단히 노력하지 않는 자는 세상을 원망할 자격도 없다.

강태공이 낚싯바늘을 펴고 강물에 낚싯대를 드리운 이유가 세월을 낚기 위함이라고 대답하기는 쉽지만 그대가 세월을 낚기 위해 낚싯바늘을 실지로 한번이라도 펴보았던 적이 있었던가.

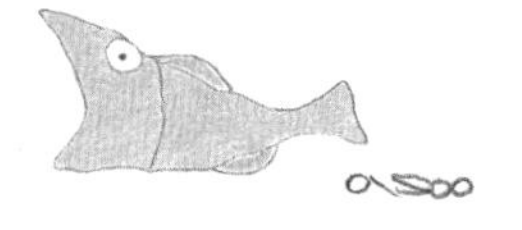

큰 뜻을 이루고자 하는 자는 빨리 이루어지기를 기대하지 않는 법.

이는 강태공이 낚싯바늘을 펴고 미끼 없이 강물에 낚싯대를 드리우는 마음과 같다.

그대가 젊은 나이에 인생역전을 절대적으로 로또 따위에 의존하고 살아가는 사람이라면 그대의 인생은 끊임없이 그대에게 잔인한 시련을 요구할 것이다. 그러니 세상을 불평하기 전에 그대를 먼저 개선하기를 권유한다.

그대여 이제 그만 그대로부터 깨어나라.
그대의 비굴함에 스스로 전율하면서.

그대가 변화되는 날을 기다리는 노털이.

신경통

새벽인데 비 때문에 날이 새지 않는다.

빗소리를
들으며

녹차 한 잔 하실까요

밤을 습관처럼 많이 새워본 사람은 하루의 모습 전부를 소상히 알고 있지요.

그중에서도 새벽이 사람을 얼마나 외롭게 만드는가를 누구보다 절감하게 됩니다. 이제 겨울이 깊어져도 골목을 지나가는 찹쌀떡 장사의 구슬픈 목청 따위는 들리지 않습니다. 지금은 새벽 세 시 십 분. 오늘따라 차량들의 엔진 소리도 끊어져버리고 사방이 적막합니다. 이럴 때는 너무 많은 것들이 내게서 떠나가버렸거나 퇴락해 버렸다는 생각을 합니다.

나이 들어갈수록 시간이 깊어지듯이 나이 들어갈수록 사랑도 깊어지기를 소망하는 마음으로 소설에 전념하겠습니다. 자주 뵙지 못하더라도 제 마음이 항시 그대에게 머물러 있음을 잊지 마시기를.

마음의 본성

하늘은 날마다 아름답지만 날마다 푸르지는 않다. 더러는 천둥이나 벼락을 칠 때도 있다. 가는 말이 고와도 오는 말이 더럽다면 용서가 오히려 죄악이 될 수도 있다. 때로는 질타가 자비일 수도 있듯이.

남의 심기를 불편하게 만듦으로써 자신의 존재적 가치를 드높이고자 하는 정신질환자들에게는 나의 글이 아무런 도움이 되지 않을지도 모른다. 그 사실이 나를 안타깝게 만든다. 고백컨대 철딱서니없던 시절에는 나도 유사한 치기를 드러낸 적이 있었다. 그 사실이 지금은 나를 부끄럽게 만든다. 그러나 나는 알고 있다. 이 세상의 그 어떤 악질적 존재에게도 아름다운 마음의 본성이 간직되어 있음을.

어째서

어째서 자신들의 고독과 아픔은 그토록 안쓰럽고

타인의 고독과 아픔은 안중에도 없는 것일까요.

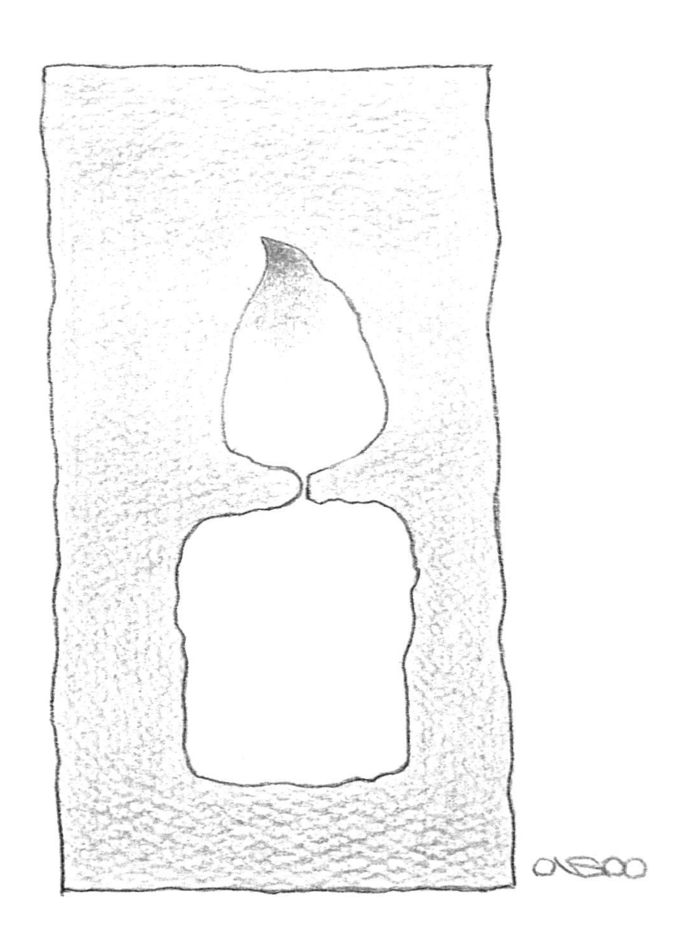

사랑의 적은 어디에 있는가

우리 동네에 바람은 불게 하시더라도 절대로 나뭇잎은 흔들리지 않게 해주세요. (이런 식의 기도를 들으실 때 하나님은 입장이 난처해지실지도 모릅니다.)

제 기도를 씹으셨군요. 그토록 제가 미우신가요. (이런 식으로 불만을 가지신다면 하나님은 따블로 입장이 난처해지실지도 모릅니다.)

그까짓 부탁 하나도 못 들어주시는 걸 보니 그다지 대단하신 존재는 아니로군요. (이쯤 되면 하나님께서도 당신을 가까이하기엔 너무 먼 당신으로 생각하실 수밖에 없겠지요.)

지나치게 자기현시욕이 강한 사람들은 대부분 안타깝게도 타인의 입장은 전혀 고려하지 않고 자신의 입장만을 내세우는 일에만 주력합니다. 이런 사람들은 어떤 일에 실패를 초래해도 절대로 자신의 책임이라고는 생각지 않습니다. 당연히 사랑도 멀리 도망쳐버리고 맙니다.

하지만 그런 사람들이라도 사랑에 대한 희망은 있습니다.

아상(我相)에 갇혀 있는 자신을 향해 하루에도 몇 번씩 가차없이 방아쇠를 당길 수만 있다면 장담컨대 진정한 사랑을 기대하셔도 무방합니다.

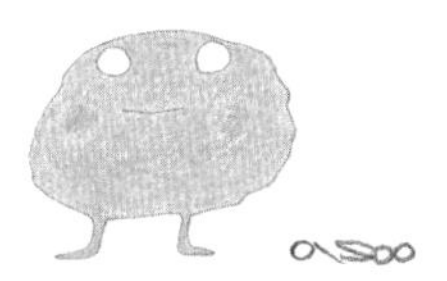

간절한 소망

사랑을 줄 수 있는 자도 아름다운 자이며 사랑을 받을 수 있는 자도 아름다운 자입니다. 그리고 조금만 생각의 깊이를 더해도 이내 깨닫게 됩니다. 사랑을 줄 수 있는 자도 행복한 자이며 사랑을 받을 수 있는 자도 행복한 자라는 사실을.

인간은 누구나 행복해지기를 간절히 소망합니다. 이 말은 누구나 사랑을 주고받기를 간절히 소망한다는 말과 크게 다르지 않습니다. 하지만 간절하다고 모든 소망이 성사되지는 않습니다.

세상에서 가장 불행한 인간은 자기밖에 모르는 인간입니다. 자기밖에 모르는 인간은 사랑을 느낄 수 없으며 사랑을 느낄 수 없는 인간은 행복도 느낄 수 없기 때문입니다.

그대의 기도

방 안에 담배연기가 자욱해서

환기를 시키기 위해 방문을 열었더니

회색으로 낮게 내려앉은 하늘이 보이네요.

눈이 올지도 모릅니다.

다시 원고지 속으로 잠수합니다.

열심히 쓰고 있습니다.

제 소설을 위해 기도해 주시기를.

쩝

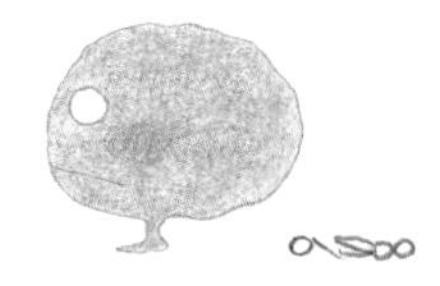

오늘은 잠시 하늘이 해맑은 이마를 보였다. 건넛집 베란다에도 잠시 새하얀 빨래들이 널려 있었다.

나는 손님들을 떠나보내고 집필실에 올라와 문하생들과 흑백영화 한 편을 감상했다. (라고 쓴 다음 열흘 정도가 지나서야 나는 케이블을 통해 그 영화가 칼라판으로 출시되었다는 사실을 깨달았다. 그럼 내가 본 비디오는 왜 흑백이었을까.)

〈그 남자는 거기 없었다〉라는 영화였다.
때로는 진실이 법정에서 더 크게 왜곡되는 법이다.
제법 괜찮은 영화였다.

날씨가 암울한 분위기로 떨어지니까 요즘 내 홈페이지에서 자주 볼 수 없는 이름들이 줄지어 떠오른다.

목구멍이 포도청일 때는 안부 한 마디를 전하는 일조차 부담스러운 법이다. 무소식이 희소식이라는 말로 애써 그리움을 지운다.

인간답게 살아가려는 사람들에게 현실은 얼마나 악마적인가.
게다가 지금은 장마철.
추억도 평소보다 몇 배나 빨리 녹물이 들어서 퇴락해 버린다.

문득 술이 마시고 싶어진다.
하지만 내 육체와 영혼은 당분간 수리중.

자주 내장을 괴롭히면 소설 쓰기에 적지 않은 지장을 초래할 우려가 있으므로 참기로 한다.

입 안에서 쩝 소리가 절로 난다.

홈페이지에 쓰는 송년일기

내가 소망하던 세상은 오지 않고
다시 한 해가 기울고 있다.

단지 나 하나만을 위해 세속의 영욕에 눈길을 주지 말고
세상 전부를 위해 고통의 감옥에 나를 가두자는 다짐은,
아직 찢기지 않은 채로 저무는 겨울 하늘에
깃발처럼 펄럭거리고 있다.

한 그루의 나무도 심어보지 않은 자가
어찌 푸르른 숲의 주인이 되기를 꿈꾸랴.
지금의 나는 누구에게든 전부가 아니다.

비록 나는 늙어
눈덮인 험산의 고사목처럼
앙상한 뼈만 남아 있으되
아직도 글을 쓸 수 있는 여력은 남아 있다.

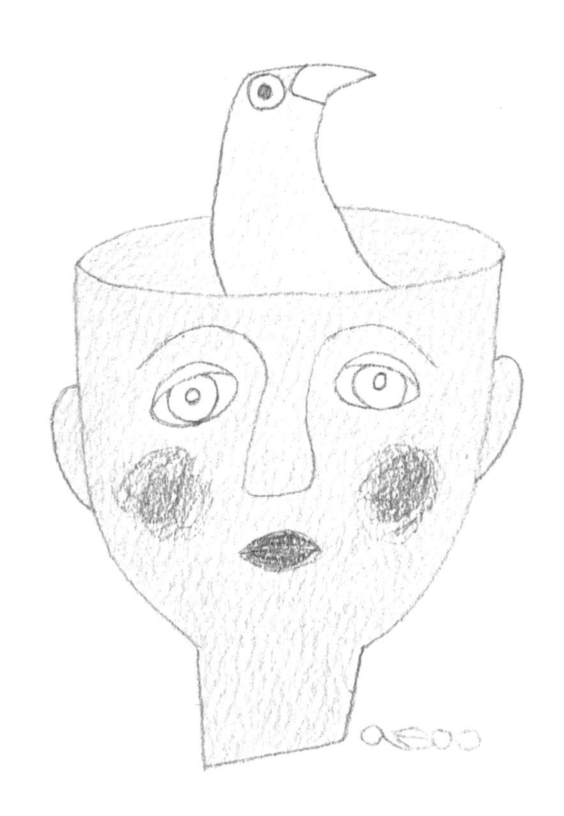

새해에도 날마다 반성의 칼날로 내 영혼을 저미겠다.
상처받지 않는 자는 변화되지 않는다.
내가 변화되지 않으면
세상도 변화되지 않는다.

수많은 독자분들이 방명록과 게시판에
격려의 글을 남기고 간다.
이토록 척박한 감성의 황무지에서
나처럼 독자들에게 사랑받는 글쟁이가 어디 있으랴.

내가 보답할 수 있는 길은
오직 하나뿐이다.
독자분들이 오로지 마음으로만 내 글을 읽어준다면
절로 영혼과 인생이 맑아질 수 있는 글을 쓰겠다.
피눈물을 흘리며 불면으로 밤을 지새우겠다.

내가 아침을 기다리고 있다고 글 한 줄을 올리면

모두에게 아침이 도래하고
내가 구원을 기다리고 있다고 글 한 줄을 올리면
모두에게 구원이 도래하는 그날까지
문학이여
부디 침몰하지 말고 기다려다오.

손수건 한 장만 한 하늘

내가 살고 있는 격외선당 주변의 땅을 서울 사람들이 매입해서 사방에 원룸을 지었다. 이십 년 가까이 살아온 마을이 요즘은 유난히 낯설어 보인다

머지않아 춘천과 서울을 연결하는 고속전철이 개설된다는 소문과 우리 동네 쪽으로 한림대 정문이 뚫린다는 소문이 나돌면서 급조된 현상이다.

예전에는 문을 열면 훤하게 펼쳐져 있던 하늘이 이제는 손수건 한 장 크기로만 남아 있다. 그나마도 오늘은 잔뜩 미간을 찌푸린 표정이다.

돈 없는 서민들은 집에서 하늘을 넉넉하게 쳐다볼 자격조차 부여되지 않는 세상이다.

언젠가는, 손수건 한 장 크기로 내게 부여된 저 하늘 한 조각마저도 철저하게 박탈당하는 날이 도래할지도 모른다.

나는 문 밖으로 내다보이는 하늘 한 조각을 눈이 아플 때까지 바라보면서 거기 어떤 시를 써야 할지를 생각하고 있었다.

그러다 문득 내 그리움의 크기도 자꾸만 줄어들고 있다는 생각에 치를 떨었다.

나 무 관 세 음 보 살.

눈

너는 내리고

나는 녹는다.

봄 밤 에 .

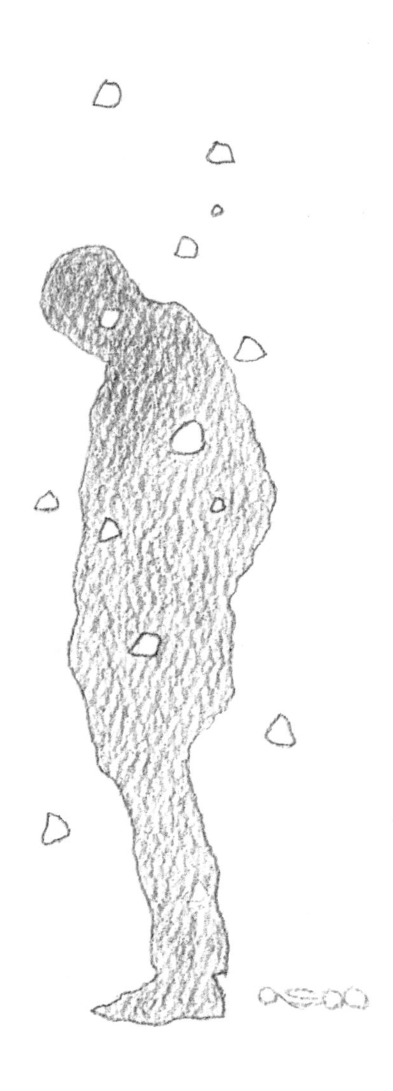

그대 무얼 하고 계시는가

어제 과천 강연 끝내고 곤지암에 있는 신현철 도예 연구소로 가서 밤늦도록 차를 마시고 한담을 나누다 집으로 돌아왔습니다. 너무 피곤해서 늘어지게 잠을 잤지만 아직 피로가 완전히 풀린 상태는 아닙니다.

일어나자마자 다음넷 취업센터 이외수와 놀자로 가서 리플 마라톤을 벌였습니다. 제가 홈식구들께 같이 동참하자고 했던 이유는 이 시대의 어려움을 함께 공감하고 실의에 빠져 있는 사람들과 작은 정성과 마음이라도 나누어보자는 취지였습니다. 그러나 홈식구들의 호응은 거의 빵점에 가까운 수준이어서 무척 서운했습니다.

요즘 이런저런 핑계로 술만 취하면 홈에다 배설을 일삼는 분들이 있습니다. 솔직히 말씀드리자면 별로 보기 좋은 모습이 아닙니다. 제가 이순을 바라보는 나이에 끊임없이 동분서주하는 이유를 조금이라도 헤아려주신다면 자신의 모습을 보다 조화롭고 아름다운 모습으로 변모시키려는 노력을 보여주시기를 희망합니다.

고작 자신의 처지에만 얽매어 시종일관 넋두리를 일삼으면서 질척

거리는 모습은 보기에 안타까우면서도 면구스러울 지경입니다.

세상이나 타인을 원망할 여력이 남아 있는 사람은 아상에 사로잡혀 있는 자신부터 때려 죽일 여력도 남아 있는 법입니다. 아상에 사로잡혀 있는 자신을 때려 죽일 수 있는 사람은 오로지 자기 자신밖에 없습니다. 자기보다 못한 처지에 놓여 있는 사람들이 부지기수로 널려 있는 세상에서 한탄과 객기와 불평을 일삼는 모습은 때로 허영과 사치와 낭비를 일삼는 모습과 진배없습니다.

자신의 입장만을 중시하는 사람들은 저의 이런 지적을 고깝게 받아들이거나 서운하게 받아들일 수도 있겠지요. 그래도 어쩔 수가 없습니다. 저는 나쁜 버릇을 끝없이 받아주기만 하는 처사를 결코 자비로 생각지는 않습니다.

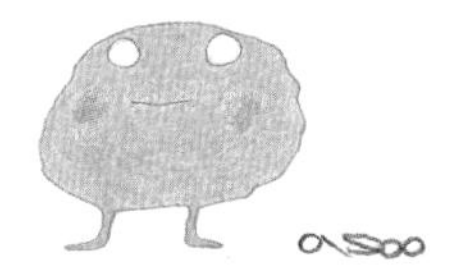

이제 올해도 얼마 남지 않았습니다.

가급적이면 마음이나 열심히 비질하면서 내년이 잘 되기를 기대해 봅니다

문학을 지망하는 맹목의 부랑아들에게

그대는 언제부터 자신의 모습을 보지 못하는 맹목의 부랑아로 떠돌게 되었느냐. 이제 그대가 경영하는 모든 사물과 시간들은 무채색으로 퇴락해 가고 있다. 그대는 현실적이고 개인적인 욕망을 싸구려 로션처럼 얼굴에 처바르고 젊음의 합리적 존재 이유를 상실해 버린 채 날마다 지리멸렬한 일상을 반복한다. 코피를 흘리면서 밤을 새워볼 용기도 없고 식음을 전폐하고 글에 전념할 각오도 없다. 시간이 흐르고 비가 내린다. 무채색 식탁에도 비가 내리고 무채색 책상에도 비가 내리고 무채색 침대에도 비가 내린다. 그대와 무관하다고 말하지 말라.

갈수록 세상은 썩어 문드러지고 갈수록 인간은 비굴해진다. 역시 그대와 무관하다고 말하지 말라. 그대가 조금이라도 양심이 살아 있는 인간이라면 당연히 그대에게도 아픔이 있어야 한다. 하지만 그대는 저급한 이기의 갑옷 속에 자신을 안주시킨 채 가급적이면 고통과 슬픔을 외면한다. 한 번씩 비가 내리면 한 편씩 시를 쓰고 싶었던 기억을 유아기적 낭만으로 치부하면서 만년필 대신 자주 리모콘을 집어든다. 리모콘의 버튼을 한 번씩 누를 때마다 즉각적으로 채널이 바뀌면서 속물근성을 자극시켜 주는 즐거움이여. 그대는 가끔 삼류 연속극으로 대리만족을 느끼거나 이유없이 불어나는 뱃살을 걱정하면서 허영처럼 끼니를 거르기도 한다.

이따금 친지들이 그대의 나태와 안이를 지적하지만 그때마다 그대는 엄살 같은 한숨과 변명으로 자신을 변호한다. 한마디로 그대는 자신이 얼마나 많은 것들을 배반하면서 살고 있는가를 조금도 반성하지 않는다. 처절한 고통 끝에 얻어지는 예술 따위는 도처에 뿌려지는 할인마트 전단지보다 무가치하다. 자신의 내면이 변하지 않으면 절대로 자신의 운명도 변하지 않는다는 충언도 무용지물이다. 가련하고도 불쌍한 문학도여. 죽음을 불사하고 글을 쓰겠다던 그대의 의지는 도대체 어디다 팽개쳐버렸단 말이냐. 오늘도 시간이 흐르고 비가 내린다.

2장

동물 보기

얼마나 다른 개들에게 쪽팔릴까
도둑의 집을 지키는 저 개는

팔자소관 - 2행동화(二行童話)

해마다 다른 새 둥지에 알 버리고 등성이 하나 넘을 때마다 처연하게 울어대는 뻐꾸기. 산천초목 모두가 팔자소관 이해하고 같이 살아갑니다.

기특한 놈

새벽녘 고단한 잠 속에 빠져 있는데
고맙기도 하지
뼈 속 깊이 대못 박히는 신경통
지금 억수 같은 장대비 내린다고
내 잠을 깨웁니다.
하나님은 무슨 일로 화가 나셨을까요.
세상을 박살내는 소리로
벼락이 떨어집니다.
하지만 아무도 다치지 않았습니다.
중광 스님이
도견이라고 인가를 내리신
우리 집 보코
이층에서 멀거니
흐린 풍경을 내다보면서 중얼거립니다.
벼락은
아무도 다치지 않아야 명중한 거라고.

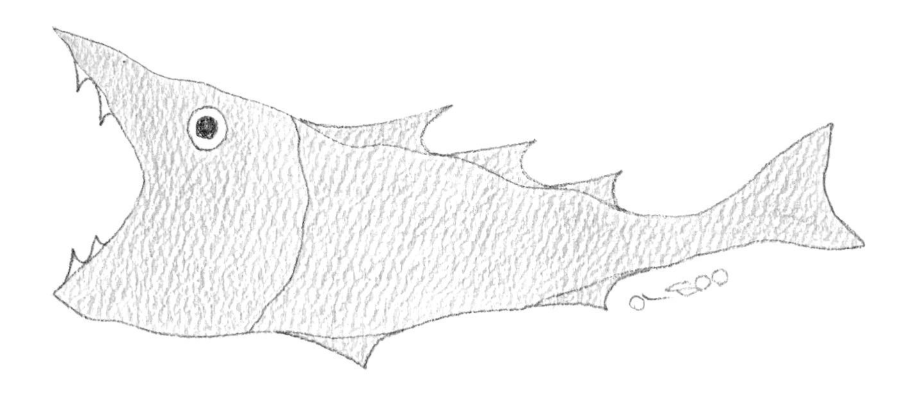

개소리

지나간 말복 때는 얼마나 많은 개들이 죽어갔을까. 외국 사람들은 한국 사람들이 개를 먹는다는 사실에 필요 이상 과민반응을 나타내 보인다. 인간을 가장 잘 따르는 개를 잡아서 보신탕으로 끓여 먹는 나라와 인구의 절반이 어린이라는 사실을 묵살하고 무차별 폭탄을 퍼붓는 나라 중 어느 쪽이 더 야만스러울까. 가증스럽지만 웃어넘기자. 인간들도 자주 개소리를 남발할 때가 있으니까.

쇠고기나 닭고기를 즐겨 먹는 사람들이 개고기나 말고기를 즐겨 먹는 사람들에 대해서 필요 이상 과민반응을 나타내 보인다는 사실은 엄밀하게 따지면, 도토리 키 재보기, 또는 겨 묻은 개 똥 묻은 개 나무라기나 다름이 없다. 식물성 식품을 즐겨 먹는 사람들이 동물성 식품을 즐겨 먹는 사람들에게 툭하면 살생이라는 단어를 들먹거리는 소치도 마찬가지다. 생명의 소중함을 철저하게 지키려면 인간은 자갈을 주식으로 삼거나 모래를 반찬으로 삼아야 한다. 과연 지구상에 그런 인간이 존재할 수 있을까.

음식문화는 오랜 역사를 되풀이하면서 환경과 정서에 따라 그 전통성을 드러내 보인다. 사방이 바다로 둘러싸인 일본에서 사람들이 생선회를 즐겨 먹는다고 어찌 손가락질을 할 수 있겠는가. 하지만 일본 사람들도 금붕어를 즐겨 먹지는 않는다. 얼마 전까지만 하더라도 한국 사람들은 잡아먹을 목적으로 개를 기르는 경우가 많았다. 그러나 오늘날은 다른 목적으로 개를 기르는 경우가 더 많아졌다. 다른 목적으로 개를 기르는 경우 중에서 가장 큰 비중을 차지하는 경우가 바로 애완용이다. 당연히 한국 사람들도 애완용은 절대로 잡아먹지 않는다.

하지만 아무 개나 닥치는 대로 잡아서 보신탕을 끓이면 돈이 된다고 생각하는 개장수들은 다르다. 그런 개장수들에게는 도덕성을 따질 필요가 있다. 물론 돈이 된다고 생각하면 자식도 팔아 넘기고 부모도 팔아 넘기는 놈들까지 존재하는 세상이지만, 성인군자가 되기에는 턱없이 수양이 부족한 나로서는, 그런 놈들까지 인간으로 분류하고 싶은 생각이 들지 않는다.

한 달 전에 십여 년을 우리 식구들과 동고동락을 같이해 온 보코가 봉고차에 실려 어디론가 사라진 사건이 발생했었다. 보코를 보신 분들은 잘 아시겠지만 녀석의 몰골은 주인을 닮아서 움직이는 걸레뭉치 그대로다. 하지만 녀석은 우리 집을 방문한 적이 있는 수천 명의 체취를 모두 기억하고 다시 대면할 때는 절대로 짖는 법이 없다. 오죽하면 중광 스님께서 도견이라는 별칭까지 붙여주셨겠는가.

도견 보코가 사라졌다는 사실을 알고 우리 싸모님은 망연자실해서 온 동네를 헤매기 시작했다. 그런데 다행스럽게도 네 발로 기어 다니는 우리 집 걸레뭉치가 낯선 봉고차에 강제로 실려가는 광경을 목격한 동네 사람이 있었다. 목격자는 정의롭게도 그 빌어먹을 봉고차의 번호를 적어 두었다는 것이다. 동네 사람들은 대부분 네 발로 기어 다니는 걸레뭉치가 우리 집 애완견이라는 사실을 잘 알고 있었다.

봉고차의 번호를 입수한 우리 싸모님은 즉시 경찰에 신고를 했다. 다행스럽게도 경찰은 기민한 수사력을 발휘해서 미처 춘천을 빠져 나가지 못한 봉고차를 붙잡을 수 있었다. 주인이 없는 방견으로 오인해서 집에 데리고 가서 키우려고 봉고차에 실었다는 변명이었지만 여러 가지 정황으로 미루어 개장수에게 팔아넘길 속셈이 분명해 보였다. 하지

만 자비로운 우리 싸모님이 처벌을 원치 않았기 때문에 범인들은 그 자리에서 방면되었다.

도견 보코는 구사일생 절체절명의 순간을 모면하고 무사히 격외선당으로 귀환했다. 그리고 여전히 달관한 표정으로 격외선당을 찾아오시는 손님들께 꼬리를 흔들어 보이고 있다. 여름이 떠나고 있다. 이따금 서늘한 바람이 이마를 적신다. 격외선당 문설주에 가을이 당도해 있다. 먼 하늘 언저리로 양떼구름이 한가로운 모습으로 여름을 전송하고 있다.

보코가 양떼구름을 쳐다보면서 컹, 하고 짤막한 신호를 보낸다. 양떼구름은 미동도 하지 않는다. 그런데 보코는 만면에 흡족한 웃음을 떠올리고 있다. 물론 나는 녀석들의 선문답을 도저히 헤아릴 재간이 없다. 보코 저 짜식, 얼굴도 못생긴 게 잘난 체하기는.

미음과 이응의 차이

용유천수조하희(龍游淺水遭蝦戱),

호락평양피견기(虎落平陽被犬欺).

용이 개천에서 놀면 새우의 조롱을 받고,

호랑이가 평지에 가면 개한테 속는다.

『서유기』에 나오는 말입니다. 이 몸이 비록 시정잡배를 자처하고 살지만 가급적이면 새우나 개가 되지 않도록 노력하고 있습니다. 그런데 때로 자신을 용이라고 생각하는 미꾸라지나 자신을 호랑이라고 생각하는 고양이를 만나면 무서버 죽겠습니다.

〈무서버〉의 초성 미음을 이응으로 바꾸어 읽으셔도 무방합니다.

변함없다는 것

변화가 반드시 진보는 아닙니다. 그러나 때로는 변화가 생활의 청량제가 되는 경우도 있습니다.

변함없는 사랑은 우리에게 안도감과 행복감을 느끼게 만들어줍니다. 그러나 변함없는 환경은 경우에 따라서 우리에게 권태감과 무력감을 가져다주기도 합니다.

그래서 하나님은 자연을 계절별로 아름답게 업그레이드해 주시는 모양입니다.

주말보고

저는 평소 그다지 안면을 보살필 필요성을 느끼지 못해서 거울을 서랍 깊숙이 처박아두는 습성이 있었습니다. 그런데 앞니가 빠진 뒤로 거울을 꺼내 자주 상판대기를 들여다보게 되었습니다. 아무리 양보를 해도 십 년은 더 늙어 보이더군요. 나이가 있으니까 늙어 보이는 건 당연지사겠지. 앞니로 소설 쓰는 것도 아닌데 무슨 걱정이냐. 저는 대수롭지 않게 생각하고 있었습니다. 그런데 앞니 한 개라고 우습게 볼 일이 아니었습니다. 시간이 지날수록 허전함이 배가되고 있었습니다. 마치 입 안에 골키퍼가 없는 축구골대 하나를 간직하고 있는 기분이었습니다. 불안감. 무력감. 패배감 따위의 공격수들이 맹렬하게 드리볼을 해서 문전으로 육박해 오고 있는 모습이 보였습니다. 이대로 방치해 두면 이외수가 이끄는 드림팀은 예선탈락의 고배를 벌컥벌컥 들이켜고 트림팀으로 전락하는 신세를 면치 못할 것이다. 치과에 가자. 저는 마음속으로 파이팅을 다짐하며 실로 오랜만에 양치질을 하기에 이르렀지요.

관리를 전혀 안 하신 치아치고는 대체로 건강하신 편이로군요.

치과 선생님의 발언은 칭찬이었을까요 핀잔이었을까요. 당연히 핀

잔이겠지요. 저는 개인전을 준비할 때 한꺼번에 빠져버린 양쪽 어금니네 대도 이번 기회에 의치로 끼워 넣을 작정이었습니다. 어떤 의미에서 건 끔찍한 일이지만 건강을 위해서는 어쩔 수가 없다는 생각이었지요. 저는 의자에 앉아 영악스럽고 소름끼치는 소리로 다가오는 치과용 흉기를 향해 아가리를 최대한 크게 벌려주는 도리밖에 없었습니다. 앞니를 접대용 이빨로 만들어 끼우는 데는 그리 많은 시간이 경과되지 않았지요. 그러나 어금니는 제법 시일이 경과될 전망입니다. 하지만 앞으로는 저도 부드러운 고기 정도는 씹을 수가 있답니다. 현재 체중 사십오 킬로그램. 어쩌면 체중이 조금 늘어날지도 모릅니다. 그동안 불초소생의 건강을 염려해 주신 여러 분께 기필코 좋은 작품으로 보답해 드리겠습니다. 부디 아름다운 주말 되시기를 빌겠습니다.

신통한 모기 박멸법 없을까요

오늘 춘천은 올들어 가장 기온이 높은 날씨였다. 벌써부터 모기가 방안에 침투해서 손등이며 등판에 빨대를 꽂기 시작한다.

살충제를 뿌리거나 모기향을 피우자니 목감기가 악화될지도 모른다는 생각 때문에 그러지도 못하고, 마냥 앉아서 피를 빨리고 있자니 갈수록 짜증이 고조된다. 모기들은 왜 다른 동물의 피를 빨아 먹으면서 종족을 보존하는 방식으로 자신들을 진화시켰을까. 아무리 생각해도 납득이 가지 않는다. 나는 다른 곤충들을 죽이게 되면 죄책감을 느끼지만 모기를 죽일 때는 전혀 죄책감을 느끼지 않는다.

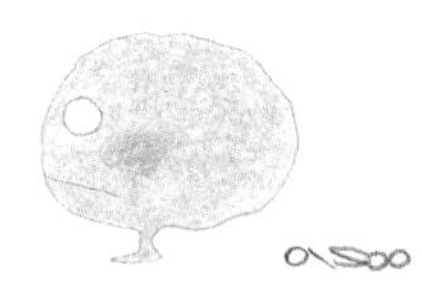

설마 인간들에게 남의 피를 빨면서 사는 놈들은 맞아 죽어도 싸다는 교훈을 주기 위해 그런 식으로 자신들을 진화시키지는 않았겠지. 모기가 눈에 띄는 대로 세차게 손뼉을 마주쳐보지만 한놈도 걸려들지 않는

다. 한쪽 눈이 기능을 상실하고부터 헛손질을 일삼는 일이 많아졌다. 나는 그만 수타식 모기사냥을 포기해 버린다. 그래, 빨아 먹고 싶은 대로 빨아 먹어라. 니들도 배부르면 자빠져 자겠지. 짜증을 가라앉히고 비디오 삼매경에나 빠져야겠다는 생각을 한다.

긁 적 긁 적.

순리를 아는 자

모든 존재의 정당성은 인정할 수 있어도 때로 그 존재가 보이는 행위의 정당성을 인정할 수 없는 경우도 있습니다.

존재의 가치와 행위의 아름다움은 때와 장소에 따라 달라집니다.

불을 끄지 않은 꽁초를 산에다 버리는 사람도 나름대로는 정당성을 가지고 있습니다. 하지만 그걸 발로 부벼 끄는 사람도 나름대로 정당성을 가지고 있지요. 단지 누가 순리를 따르는 자인가는 순리를 아는 자만이 말할 수 있습니다.

책도 강물처럼 바다처럼 깊이를 가지고 있습니다. 그리고 어떤 책이든지 그 깊이는 놀랍게도 읽는 자의 깊이와 정비례합니다.

알래스카 말라무트

며칠 전 지인 하나가 생후 40일 정도의 알래스카 말라무트 한 마리를 선물했다.

아내는 녀석의 이름을 빅쇼라고 정했다. 무슨 특별한 의미가 있는 이름은 아닌 것 같고 그냥 입에서 튀어 나오는 대로 정해버린 인상이 짙다. 아내는 내년 겨울에 녀석이 끄는 썰매를 타고 설원을 누비겠다는 꿈에 부풀어 있다.

녀석은 아내의 꿈에 적지 않은 부담이라도 느끼고 있는지 처음에는 몹시 우울한 표정으로 심하게 낯가림을 하더니 요즘은 제법 명랑해져서 장난도 치고 재롱도 부린다.

그런데 문제는 서열이다.

개들은 어떤 집에서 살든 반드시 나름대로 식구들의 서열을 정하고 그중 한 사람을 자기보다 낮은 서열로 정해서 깔보거나 무시해 버리는 성향을 드러낸다.

기분 나쁘게도 짜식은 나를 자기 밑의 서열로 정해버렸음이 분명하다. 내가 손을 내밀면 뒷걸음질을 치거나 딴청을 부리기 일쑤다.

녀석이 한글을 터득해서 내 소설을 읽어볼 리도 만무하고 자기가 먹는 사료값을 내가 벌어들인다는 사실 따위도 알 턱이 없다. 물론 사료를 내 손으로 갖다주는 횟수가 많아지면 서열이 달라지겠지만 생활리듬이 엉망인 나로서는 좀처럼 그럴 기회가 오지 않는다.

끊임없이 손님들이 줄을 잇는 우리 집 특성을 감안해서 함부로 짖어대지 않도록 훈련시키는 일도 큰 숙제가 아닐 수 없다.

까짓거 서열이야 아무려면 어떠랴.

자신을 낮출수록 스승은 많아지는 법.

이번에는 개 한 마리를 스승으로 모시고 공부할 기회를 얻었다고 생각해야겠다.

낚시 갔다가 지금 돌아왔습니다

목감기 도질까 걱정스럽기도 했지만 깡으로 버틸 각오를 하고 오후 4시쯤 일단 고슴도치섬으로 출발했습니다. 고슴도치섬은 새로운 소설의 공간적 배경이 될 예정입니다.

낚시라고는 하지만 현장답사 삼아 자주 출조를 하는 편입니다. 그러나 이번에도 조황은 별볼일이 없었습니다. 전장 30센티 정도 나가는 누치 한 마리 잡고 줄곧 물질이 심해서 그만 퇴각해 버리고 말았습니다. 그래도 소설의 자료가 될 만한 사진은 많이 찍었습니다.

은사시나무에 걸린 하현달도 낚았고 호수에 거꾸로 잠긴 채 흔들리는 신매리 밤풍경도 낚았습니다. 여러분의 염려지덕으로 건강이 많이 좋아진 것 같습니다.

오늘은 모두들(19세 이상만) 깊은 잠에 야한 꿈들 꾸시기를. 캬캬.

잠 속에서

나이가 들어갈수록 신체의 부품들이 하나씩 기능을 상실해 간다. 젊었을 때 너무 험하게 굴렸다는 생각이 든다. 하지만 그때로서는 어쩔 수 없는 상황이었다. 지금부터라도 소중하게 다루면서 살아갈 작정이다. 어제 저녁부터 지금까지 줄곧 깨어 있었으니 일단 요기부터 하고 식곤증을 베개 삼아 한숨 자두어야겠다.

초겨울

고단한 잠 속에서

밤닭이 울고

털수염이 자라고.

나는 공짜가 싫어

오늘날은 노력 없는 대가를 바라는 풍조가 만연해 있습니다. 극단적으로 표현하면 강도근성이나 거지근성이 만연해 있다는 사실과 다르지 않습니다. '나도 공짜가 좋아'라는 광고가 당연지사로 받아들여질 정도입니다. 남다른 노력도 기울이지 않고 남다른 보람을 기다리는 사람은 훔쳐온 플라스틱 꽃나무에 나비가 날아오기를 기다리는 사람과 같습니다.

하나님은 누구에게나 공평하게 하루 스물네 시간을 주셨지요. 백일홍에게도 하루 스물네 시간을 주셨고 만년청에게도 하루 스물네 시간을 주셨습니다. 구정물. 개똥참외. 조약돌. 해바라기. 유령난초. 모래알. 게아재비. 구공탄. 생명이 있거나 없거나 부피가 작거나 크거나 지구상에 존재하는 모든 것들에게 하루 스물네 시간을 주셨습니다. 우리는 모두 하루 스물네 시간이라는 시간의 감옥 속에 감금되어 있지요.

하지만 자비롭게도 하나님은 스물네 시간을 쓰는 방식만은 각자의 자유의지에 맡겨두셨습니다. 스물네 시간을 튀겨 먹든 볶아 먹든 네 마음대로 해도 되느니라. 하지만 개떡같이 쓰면 개떡 같은 일이 생기고 꿀떡같이 쓰면 꿀떡 같은 일이 생긴다는 사실을 명심하여라. 물론 성경

에는 없는 말입니다. 지천명(知天命) 인생을 살아오면서 체험으로 알게 된 말입니다.

세상은 노력 없는 대가를 바라는 사람들에 의해서 황폐해지고 대가 없이 노력하는 사람들에 의해서 아름다워집니다. 어떤 사람들은 스물네 시간을 자신을 위해 쓰기도 하고 어떤 사람은 스물네 시간을 남을 위해 쓰기도 합니다. 어떤 사람은 일하는 시간보다 휴식하는 시간이 더 많고 어떤 사람은 휴식하는 시간보다 일하는 시간이 더 많습니다. 어떤 사람이 세상을 꽃밭으로 만드는 사람이고 어떤 사람이 세상을 똥밭으로 만드는 사람인가는 그대 자신이 판단하시기 바랍니다. 그대가 만약 진실로 세상을 아름답게 만들고 싶다면 하루 한 시간만이라도 잠을 줄이고 남을 위해 대가 없는 노력을 기울이는 정원사가 되시기를 바랍니다.

밤이 깊었습니다. 오늘이 가고 내일이 옵니다. 그러나 지나간 비디오 테이프는 되감을 수 있어도 지나간 시간의 테이프는 되감을 수 없습니다. 그대의 오늘은 비록 허망하였더라도 그대의 내일은 진정 기쁨이 함께하기를 빌겠습니다.

다양성을 오해하는 족속들

오 년째 홈페이지를 운영하면서 그야말로 다양한 사람들을 만났다. 천만다행으로 oisoo.co.kr은 천사표들이 주류를 이루는 사이버 공간으로 자리잡아가고 있지만 이따금 타인의 입장을 헤아리지 못하는 양아치들이 나타나 분란을 일으키기 때문에 적지 않은 곤욕을 치르기도 했었다.

분란을 일으키는 족속들은 초지일관 자신의 주의주장만을 절대시하는 편협성을 가지고 있다. 그리고 그들의 주의주장은 대부분 논지가 불분명하고 문장이 허술하다는 공통점을 지니고 있다. 뿐만 아니라 그들은 자신의 결점을 전혀 모르고 있으며 때로는 자신의 지식이나 필력을 과신하는 발언까지 서슴지 않는다. 불초소생이 넌지시 자제를 당부해도 마이동풍이요 우이독경이다. 결국 논쟁이 격렬해지면 감정싸움으로 비화된다.

하지만 뛰는 놈 위에는 필시 나는 놈이 있고 나는 놈 위에는 필시 쏘는 놈이 있다. 특히 oisoo.co.kr은 솜씨가 뛰어난 궁사들이 자주 드나든다. 자신이 나는 놈이랍시고 요란하게 날개를 푸득거리면서 중구난방으

로 발톱을 휘두르거나 안하무인으로 부리를 쪼아대다가는 망신을 당하기 십상이다. 그러나 솜씨가 뛰어난 궁사들은 비록 양아치들이 깽판을 치더라도 함부로 화살을 쏘아대지는 않는다. 양아치가 자신의 실력이 모자란다는 사실을 눈치챌 때까지 인내심을 가지고 우호적인 목소리로 타이른다.

그러나 타일러서 들으면 양아치가 아니겠지. 그들은 절대로 자신의 실수나 무지를 인정하지 않는다. 홈식구들이 짜증을 내기 시작하고 불초소생도 언성을 높이기 시작한다. 그제서야 솜씨가 뛰어난 궁사는 시위를 먹이고 위협사격을 가한다. 결국 양아치는 날갯죽지 하나가 부러져버린다.

인터넷의 다양성을 인정하지 못하는 전근대적인 집단들.

양아치들이 퇴각하면서 oisoo.co.kr에 상투적으로 달아주고 가는 문패다. 하지만 자기도취에 빠져 있는 놈들은 만사를 자기방식대로만 해석한다. 그토록 다양성을 원한다면 여기 머물러 분쟁을 일으키지 말고

다양성이 보장된 인터넷 항해를 떠나면 되는 것이다. 인터넷 자체가 이미 다양성을 구축하고 있다. oisoo.co.kr은 다양성의 일부다. 한식집에 들어가서 햄버거가 없다고 주인의 능력을 저급하게 평가하거나 손님들의 인격을 모독하는 놈들을 불초소생은 관대하게 대할 자신이 없다.

양아치가 익명성이라는 망토를 뒤집어쓴다고 슈퍼맨으로 둔갑하지는 않는다.

익명성은 인터넷이 지니고 있는 특성 중의 하나다. 하지만 오늘날은 인터넷 양아치들 때문에 순기능보다는 역기능이 더 사회적 관심사로 부각되고 있는 실정이다. oisoo.co.kr도 역기능에 의한 피해로 오랜 진통을 겪었다. 하지만 oisoo.co.kr에 모이시는 분들은 대부분 익명성을 그다지 필요로 하지 않을 정도로 친숙한 관계를 유지하고 있으며 서로의 절망과 아픔을 덜어주는 일에 조금도 인색함을 보이지 않는 인품들을 간직하고 있다. 자부심을 느끼는 건 당연지사다.

이번 게시판 도배사태로 야기된 법적 문제들이 대충 해결되는 대로

번개 한번 당차게 때릴 작정이다.

신입회원들의 적극적인 참여를 기대한다.

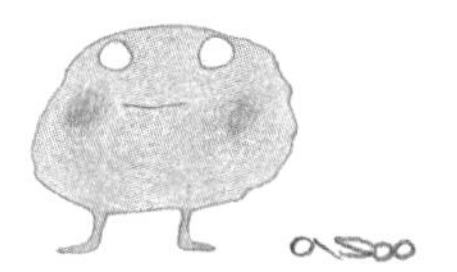

인터넷에 떠도는 유머입니다

쬐끄만 어린애가 공원에서 비둘기에게 빵을 뜯어서 던져주고 있었습니다. 언제나 세계평화만 생각하는 아저씨 하나가 그 광경을 목격하고 진지한 목소리로 말했지요.

얘야 지금 아프리카 같은 나라에서는 굶어 죽는 사람들이 한둘이 아니란다. 그런데 너는 사람들도 못 먹는 빵을 새한테 던져주고 있구나.

그러니까 쬐끄만 어린애가 아저씨보다 몇 배나 더 진지한 목소리로 대답했습니다.

아저씨 저는 그렇게 먼 데까지는 빵 못 던지는데요.

인터넷에 떠도는 유머입니다.

언제나 자기 시대로만 생각하는 사람들이 문제입니다
아상에서 빨리 벗어나는 길이 세상을 평화롭게 만드는 길입니다.
자신의 생각에 자신이 갇혀 있기 때문에 진체를 볼 수 없는 법이지요.

이제 자신과 세상을 바로 볼 수 있는 눈을 떠서 자신과 타인을 모두 행복하게 만드는 나날들이 되시기를 빌겠습니다.

올 가을 단풍이 들기 전에

봄이 오고 있다고 사람들이 기별을 전한다. 방 안의 기온이 현저하게 상승하고 있다.

나는 이제 겨우 백 매를 넘어섰다.

봄이 오는 것이 두렵다. 빌어먹을 시간은 나이가 들어갈수록 속도가 빨라진다. 지금쯤 눈을 좀 붙여야 하는데 오늘따라 잠잘 타임을 놓쳐버렸다.

하지만 무엇에건 쫓기면서 살지는 말아야지.
타조는 어디까지 날아갔나
종무소식.

책들 좀 읽어가면서 살자고 길거리에 나가 지나가는 사람들에게 속삭여주고 싶다.

문학이 죽었다는 말이 낭설임을 내가 입증시켜 주어야지. 올 가을 단풍이 들기 전에.

사랑의 표현방식

사랑과 용서에도 다양한 표현방식이 있습니다.

치졸한 영웅심과 저급한 공명심이 얼마나 많은 사람들에게 해악이 되는가를 모르는 놈들에게는 사랑과 용서가 돼지에게 걸어주는 진주 목걸이나 파리에게 들려주는 베토벤이나 다름이 없습니다.

소설가의 외도에 관한 일문일답

문 : 당신은 소설가면서 왜 시를 쓰거나 그림을 그립니까. 외도라고 생각지 않으십니까.

답 : 알피니스트가 논두렁을 산책하거나 지붕에 올라가는 일을 당신은 외도라고 생각하십니까.

3장

식물 보기

지난 여름 의암호에 낚시 가서 보았다 어리연꽃
아주 작았다
새벽녘 연잎 위에 하얀 밥알처럼 붙어 있었다
낚시에 정신을 팔고 있다가 정오쯤에 살펴보니
한 송이도 보이지 않았다 어리연꽃
나는 그때야
바람에 지는 꽃만 있는 게 아니라
햇빛에 녹는 꽃도 있다는 사실을 알게 되었다

사랑 탄생의 비밀

사랑과 행복은 얻어지는 것이 아니라 만들어지는 것이다.

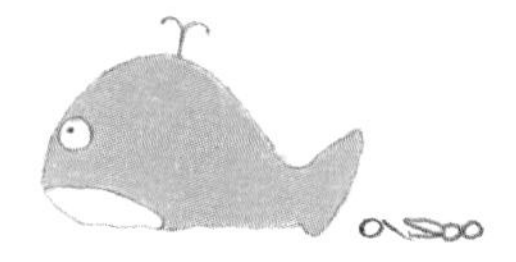

통속한 안목, 통속한 인간으로 전락해 가고 있는 자신을 두둔하거나 변명하지 말라. 책을 읽지 않고 자신의 인생에 사랑과 행복이 도래하기를 바라는 사람은 콘크리트 전봇대에서 꽃이 피기를 기대하는 사람이나 진배없다. 만약 콘크리트 전봇대에서 꽃이 피는 날이 온다면 그때가 바로 모든 소설가들이 무용지물로 전락해 버리는 날이다.

춘설유감(春雪有感)

꽃망울 터지는
춘삼월
백 년 만에
폭설이 그토록 많이 쏟아졌다는데

사람들은 여전히 시(詩)를 기억하지 못합니다.

시인(詩人)들은 죽었지만 시들이 살아있으므로
시인들은 정말 죽은 것이 아닙니다.

정작 죽은 것은
백 년 만에 쏟아진 폭설 속에서도
시를 기억하지 못하는 사람들입니다.

그러면서도 사람들은 봄을 기다립니다.

시인도 죽고

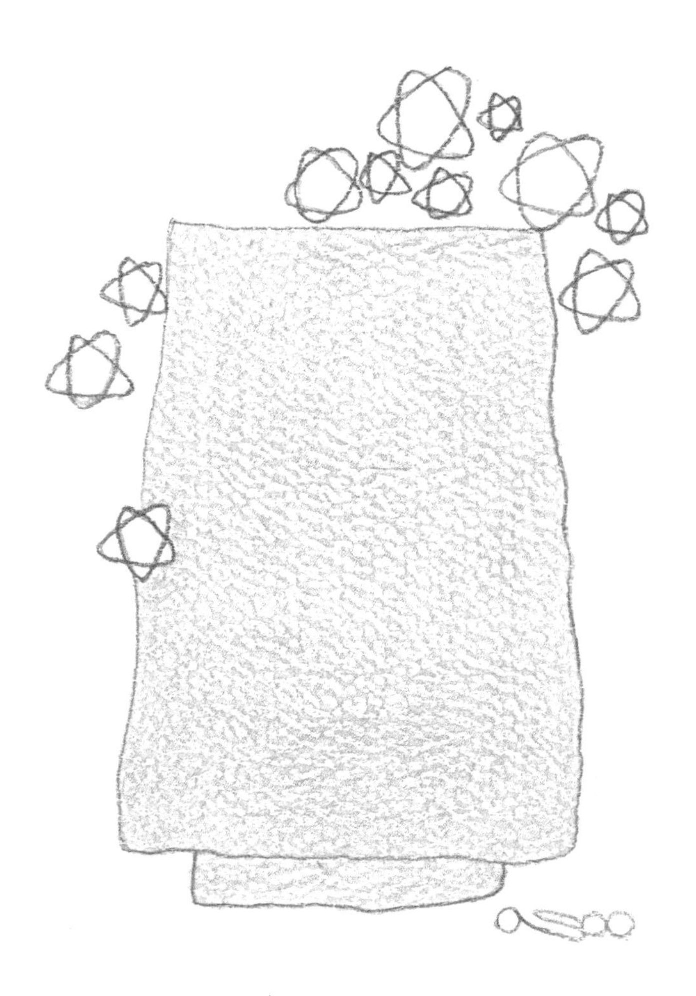

시도 죽어버린 자신의 가슴에서
사랑이 싹트기를 소망하면서 살아갑니다.

하지만 진정한 사랑은 시가 죽은 자리에서는 절대로
싹트지 않습니다.

시가 죽어버린 당신의 가슴은
물이 말라버린 꽃병과 같습니다.

당신은 혹시
물이 말라 버린 꽃병에
플라스틱 가화를 꽂아두고
봄이 되면 나비가 날아오리라는 믿음 속에서
살고 있는 것은 아닌지요.

담배연기 한 모금을 탄식같이 뱉어내며
저는 다시 원고지 속으로 망명합니다.

쐐기 한 마리 이파리를 배불리 파먹을 때까지 몸을 뒤척이지 않는 떡갈나무. 부처님 손바닥에 작은 구멍 하나가 뚫어지고 있습니다.

명당자리

세상에서 가장 높은 산이 있었다.

어떤 마을에 그 산의 정상에 오르는 일을 평생의 소망으로 간직하고 살던 사람이 있었다. 어느 날 그는 부단한 노력 끝에 마침내 자신의 소망을 이루게 되었다.

그러나 그는 정상에 올라가 비로소 깨닫게 되었다. 자신이 소망하던 이상보다 더 높은 이상이 산 밑에 존재하고 있다는 사실을.

그는 산을 내려와 정상에 오르기 전과 조금도 다름없이 비천한 모습로 살고 있었다.

때로 산의 정상에 올라가 내려올 줄 모르는 사람들이나 산의 중턱에서 자만심을 느끼는 사람들은 그를 하찮은 존재로 취급하기를 서슴지 않았다.

"아직도 저놈은 산 밑에 웅크리고 있지 않은가."

사랑의 유사품에 속지 마시오

인간의 절대적 관심사는 사랑이다.

그러니 그 사실을 부정하는 사람들도 적지는 않다. 인간의 탈을 쓰고 있으되 짐승으로 살아가는 방식을 선택한 부류들이다. 그들은 인간보다 황금을 소중하게 생각하고 사랑보다 벼슬을 가치 있게 생각한다. 그들은 더 많은 황금을 소유하기 위해 인간을 죽일 수도 있고 더 높은 벼슬을 소유하기 위해 사랑을 죽일 수도 있다.

내 홈페이지는 하루에 천여 명의 방문횟수를 기록하고 있다. 하지만 인간의 탈을 쓰고 있으되 짐승으로 살아가는 방식을 선택한 부류들은 얼씬도 하지 않는다. 그들이 소중하게 생각하는 것들이 여기서는 천대를 받는다. 게시판에는 하루 백여 건의 글들이 올라온다. 게시판을 장식하는 대부분의 글들도 사랑을 핵심어로 간직하고 있다.

그러나 안타깝다. 오늘날 도처에서 남발되는 사랑은 자갈밭에 굴러다니는 유리컵처럼 위태로운 느낌을 불러일으킨다. 조금만 충격을 주어도 깨져버릴 확률이 높다. 입대와 동시에 깨져버린 사랑도 있고 실직

과 동시에 깨져버린 사랑도 있다. 가문이 신통치 않아서 깨져버린 사랑도 있고 학벌이 신통치 않아서 깨져버린 사랑도 있다. 이게 무슨 백설공주 사과 베물다 어금니 부러지는 소리냐.

당연히 사랑에도 진품이 있다. 그리고 진품은 모두 명품이다. 깨져버릴 확률이 높다면 그것은 분명히 모조품이나 복제품이나 유사품이다. 진품은 아무리 강도 높은 충격을 가해도 훼손되거나 변질되지 않는다. 진품을 고르는 안목을 가지려면 육안(肉眼)이나 뇌안(腦眼)의 범주를 떠나 심안(心眼)이나 영안(靈眼)의 범주에서 살아야 한다. 무슨 소린지 하나도 모르겠다고? 캬캬. 아직도 그대는 이외수의 우화상자 『외뿔』을 읽어보지 못하셨구랴.

콩자반

콩나물이 되고 싶어하는 콩자반에 대해서 나는 아무 말도 하지 못했다. 까만콩. 간장에 찌들 대로 찌든 그 모습. 내게는 콩나물보다 몇 배나 아름답지만 이제 외롭고 가난한 시인의 기교 없는 진실이 먹히는 시대는 문을 닫았다. 서른 살 공판장. 이른 아침 텅 빈 목로주점에서 내가 마시던 술. 세월은 흐르고 세상도 변했다. 봄부터 가을까지 줄곧 뼈를 적시며 비만 내리고 사람들은 모두 어디로 떠나버렸을까. 혼자 마시는 술이 아직도 독약 같은 아침.

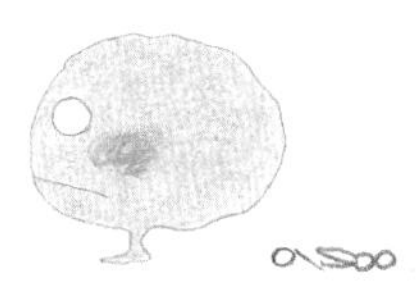

보이차와 소설가

밤이 깊었습니다.

풀리지 않던 단락 하나를 간신히 해결하고 지금은 잠시 휴식을 취하고 있는 중입니다.

보이차를 마시고 있습니다. 제법 품질이 좋은 차에 해당합니다. 저처럼 하루 종일 방구석에 틀어박혀 있는 사람들은 음식을 많이 먹으면 금방 위장이 부담을 느끼게 됩니다.

그래서 식사는 대개 하루 한 끼 정도로 때우고 차를 즐겨 마시게 됩니다. 그러다 보니 식사는 간식이 되고 차가 주식이 되어버린 상태입니다.

한때는 녹차를 즐겨 마셨는데 몸이 차가워지고 위장이 쓰려 오는 증세를 보여 녹차를 발효해서 만든 보이차를 마십니다. 중국 보이 지방에서 처음 만들어졌다는 이유로 붙여진 이름입니다. 녹차를 땅 속에 파묻어두었다가 발효된 다음에 꺼내어 마시는 차입니다. 오래 묵은 차일수록 귀한 차로 대접받습니다.

보이차 속에는 커피보다 많은 카페인이 함유되어 있습니다. 그래서 보이차를 많이 마시면 잠이 잘 안 오는 현상이 생깁니다.

하지만 커피 속에 함유되어 있는 카페인보다는 한결 분해가 잘 된다고 합니다. 우리처럼 밤샘을 자주 하는 사람들에게는 그야말로 안성맞춤인 기호식품이지요.

그러나 한국 사람들 때문에 중국 보이 지방에서도 보이차를 구하기가 힘들다는 소문입니다.

한국 사람들은 정력에 좋다는 소문만 나돌면 어떤 혐오식품이든지 왕성하게 먹어 치우는 습성을 가지고 있습니다. 그래서 요즘은 까마귀를 구경하기가 힘들게 되었습니다. 정력에 좋다는 소문이 나돌았기 때문입니다. 마리당 삼십만 원을 호가한다는 소문입니다. 돈 벌고 싶으신 분 계시면 까마귀 양식을 한번 해보시라고 권하고 싶습니다.

몇 년 전부터 보이차가 몸에 좋다는 소문이 나돌자 돈 많은 한국 사람들이 보이 지방까지 찾아가서 싹쓸이를 해버리는 바람에 보이차를 구하기가 발가락 달린 조랑말 구하기보다 힘들다는 소문입니다.

오 년 전만 하더라도 오십 년 묵은 차 정도는 구하기가 별로 어렵지 않았습니다. 하지만 요즘은 이십 년 삼십 년을 묵은 차도 구하기가 힘들 정도입니다.

설상가상으로 가짜 보이차까지 판을 치고 있습니다. 유독성분을 가미해서 급발효를 시킨 차입니다. 전문가들도 감정이 어렵답니다.

저도 얼마 전에는 가짜를 한동안 장복하는 바람에 간이 형편없이 망가져 있었습니다. 몇 줄만 써도 피로감이 엄습해서 맥없이 자리에 쓰러져버리는 날들이 많았습니다.

우리는 우스갯소리로 남이 음식을 먹을 때 빤히 쳐다보는 놈이 제일 치사하다는 말을 합니다. 하지만 남이 먹을 음식에 유독성분을 첨가하는 놈은 그보다 더 치사한 놈이라는 생각이 듭니다.

저는 이따금 착하게 살아야 하는가 악하게 살아야 하는가를 두고 갈등을 겪는 사람들을 만나면 뼈저린 비애감을 느끼게 됩니다. 아무리 생

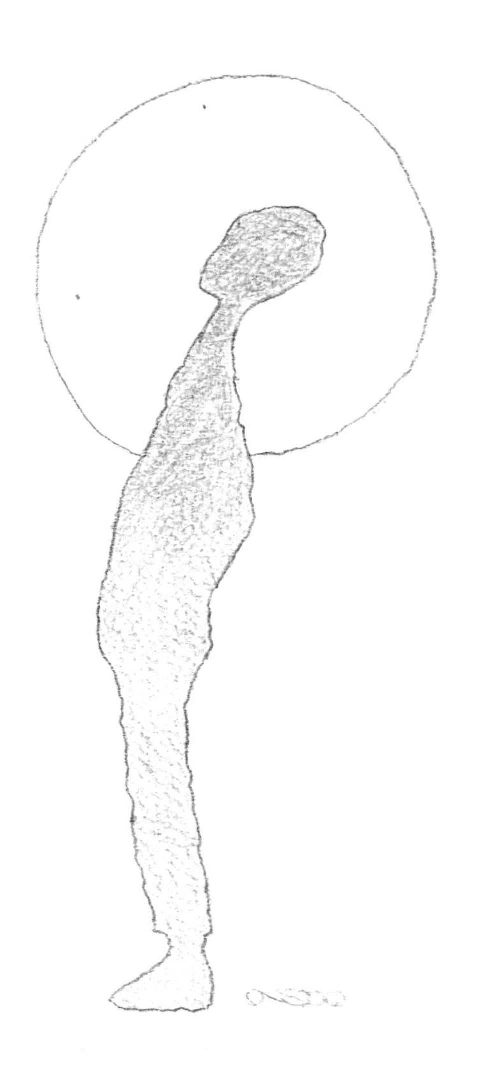

각해도 그건 갈등의 요소가 아니기 때문입니다.

다행스럽게도 간이란 놈은 내장기능 중에서 유일하게 재생능력을 가지고 있어서 이제는 거의 회복이 된 상태입니다.

앞으로는 보이차 대신 보리차를 마실 작정입니다.

하지만 무얼 마신들 어떻겠습니까. 비록 맹물을 마신다고 하더라도 소설가는 소설만 잘 쓰면 그만인 것을.

내 손의 단풍

청명한 하늘에 발목 적시며
먼 길을 떠난 그대

초가을 이별은 아무리 길어도 일주일

짤막한 엽서 한 장에도
내 손바닥 먼저 단풍 들었네.

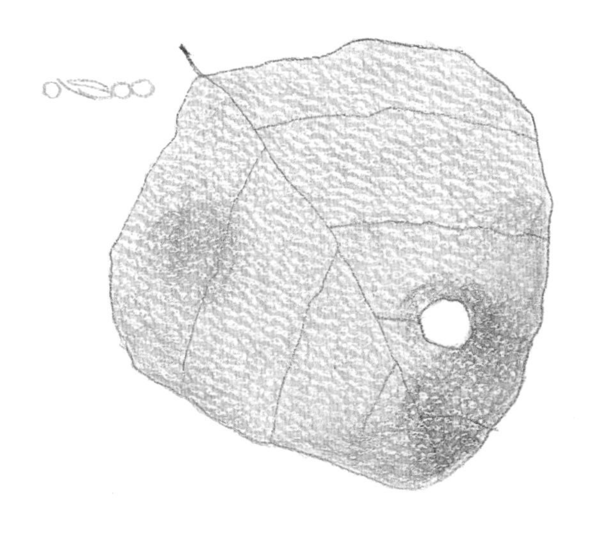

이 봄에 꽃을 보면

새로 쓰는 소설의 자료를 수집하기 위해 동산면을 다녀온 다음부터 집필 리듬이 끊어져버렸다. 그래서 글을 쓸 때는 가급적이면 외출하지 않는다. 봄 햇볕이 아무리 좋아도 내게는 화중지병이다.

그런데 설상가상으로 대통령 탄핵까지 내 심기를 뒤집어놓는다. 수많은 격변기를 거치면서 오로지 문학 하나를 구원과 희망으로 간직하고 살아온 내게 정치가들이 보여준 것은 언제나 기만과 위선뿐이었다.

사흘 동안 한 자도 못 쓰고 홈페이지를 드나들었다. 그런데 하필이면 이런 경황에 도자연하는 인물까지 나타나 내 글재주의 하찮음까지 들먹거리며 은근히 자신의 내공을 과시한다. 적어도 이 홈페이지를 드나들 생각이 있다면 최소한 문학에 대한 예우 정도는 지킬 줄 알아야 한다. 모내기가 한창인 농촌에 가서 농사꾼을 깔보는 언행을 일삼으면 어떤 반응을 나타내 보이겠는가. 글쟁이도 일종의 농사꾼이다. 원고지 한 줄이 밭고랑 한 줄이다.

인간은 정(精). 기(氣). 신(神)의 집합체다. 육신의 양식도 소중하지만 정신의 양식과 영혼의 양식도 소중하다. 작가들은 오로지 육신의 소중함만을 강조하고 집착하는 현실과 끊임없이 갈등하고 투쟁해야 하는 존재들이다. 알고 보면 작가 역시 개인의 역량만으로 만들어지는 존재가 아니다. 사이비가 아니라면 반드시 하늘의 소명이 있어야 한다.

어떤 분들은 내가 모든 인간에게 자비롭기를 소망한다. 물론이다, 그래야 한다. 하지만 앞으로도 문학을 모독하는 작자들이 있다면 나는 절대로 보편적인 자비는 베풀지 않겠다. 경험에 의하면 그런 동포들은 언제나 독선과 아집의 쓰레기만 남긴다. 아무리 보편적인 자비를 베풀어 주어도 오래 붙어 있을 놈들이 아니다. 반드시 분란과 상처를 남기고 떠난다.

아상에 갇혀 있는 자들의 무기는 이기성이다. 이기성은 순리와 조화에 역행하는 특질을 가지고 있다. 이런 동포들에게는 아상을 깨뜨려줄 수 있는 비난과 질책이 오히려 자비다.

매질에는 반드시 아픔이 따른다. 정상적인 인간이라면 맞는 경우에

만 아픈 것이 아니라 때리는 경우에도 아픈 것이다. 그러나 깡패는 남에게 폭력을 휘두를 때 존재감과 성취감을 느낀다. 맞는 경우에만 아픔을 느끼고 때리는 경우에는 쾌감을 느끼는 것이다. 누구든 근거 없이 폭력성과 공격성을 드러낸다면 깡패로 간주될 소지가 있으며 거기에 상응하는 대가를 치르게 될 것임을 경고한다.

봄이다.
꽃을 보면
헐벗은 몸으로 혹한의 겨울을 건너와
비로소 그대 앞에 아름다운 모습을 드러낸 이유를
한 번쯤이라도 숙고해 보자.

편지 - 2행동화(二行童話)

거리에 쓰러져 있는 행려병자를 보았습니다. 하나님, 뼛속에 스며들지 않는 비를 새로 만들어주실 생각은 없으신가요.

음식에 관한 꼰대로서의 견해 한 마디

사람들은 꿀이 달다고 말한다. 꿀을 먹어보지 않은 사람도 꿀이 달다고 말하면 꿀맛을 아는 사람으로 간주된다.

그러나 꿀맛을 음미해 보면 단맛과 신맛과 매운맛과 쓴맛이 모두 포함되어 있다. 그중 대표적인 맛이 단맛일 뿐이다.

글도 마찬가지다.

어떤 글이든지 깊이 음미해 보면 여러 가지 맛이 내포되어 있다. 독자가 어떤 맛을 대표적인 맛으로 받아들이느냐에 따라 해석이 달라지고 감정이 달라진다.

음식은 육체적인 건강을 좌우하지만 글은 정신적인 건강을 좌우한다. 그런데 나는 왜 이런 쓰잘데기 없는 글을 쓰고 있나. 꼰대이기 때문이지러.

어불성설

정선의 어느 터미널.

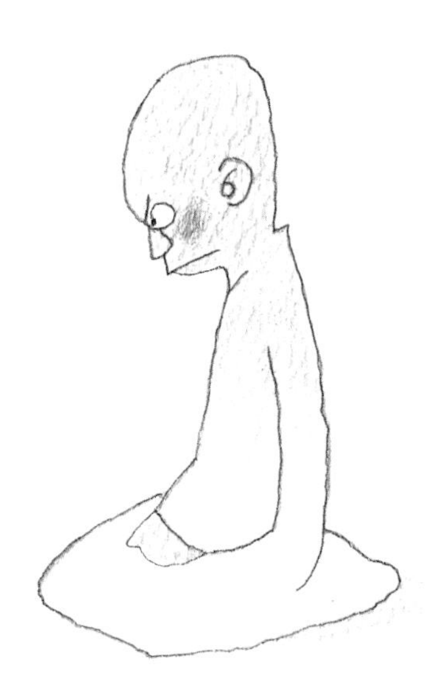

연세가 많으신 노인 한 분이 담배를 피우고 있었습니다. 벽에는 금연이라는 글씨가 붉은색으로 큼지막하게 쓰여 있었지요.

경찰관 : 여기서는 담배를 피우시면 안 됩니다.

노　인 : 내 담배를 내가 피우는데 왜 안 된다는 말이오.

경찰관 : 여기서는 담배를 피우시면 안 된다고 법으로 정해놓았기 때문입니다.

노　인 : 그럼 당신은 통일법을 정해놓으면 통일이 된다고 생각하시오?

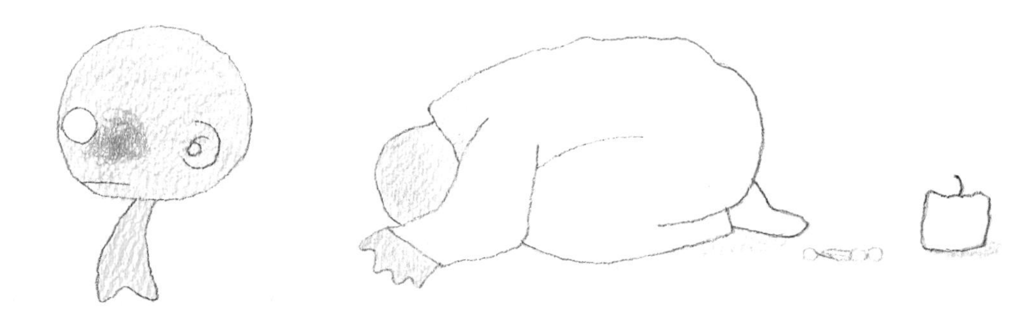

짝퉁공화국

최근 전통차(傳統茶)에 대한 세인들의 관심이 높아지면서 다기(茶器)에 대한 관심도 높아지고 있다. 자연히 다기를 만드는 도공들의 손길도 분주해졌다.

다기는 생활자기로 분류된다. 그러나 생활자기라고 예술성이 없다고 단정해서는 안 된다. 생활자기를 만드는 도공들 중에도 분명히 명인이 있고 그들이 만드는 다기들 중에도 분명히 명품이 있다.

문제는 짝퉁이다. 짝퉁은 명품을 가장한 모조품을 일컫는 속어다. 대한민국은 도자기를 필두로 가장 뛰어난 전통예술과 장인정신을 보유하고 있는 나라로 평가받고 있다. 하지만 무슨 까닭인지 현대에 이르러서는 국민들 대다수가 명인이나 명품을 알아보는 심미안을 상실해 버렸다. 그래서 대한민국은 이제 자타가 공인하는 짝퉁공화국으로 전락해 버렸다. 명품이 짝퉁 취급을 받는 경우도 비일비재하고 짝퉁이 명품 대접을 받는 경우도 비일비재하다. 하지만 모든 짝퉁은 간사한 기술을 바탕으로 조작되지만 모든 명품은 숭고한 정신을 바탕으로 창조된다.

전통차에 관심이 지대한 사람들은 대부분 연차(蓮茶)를 알고 있을 것이다. 연차는 단아하게 피어 있는 연꽃을 선정해서, 경건한 마음으로 기도를 드린 다음, 연못 속에 들어가 꽃잎이 닫히기 시작하는 오후 3시경부터 꽃잎이 완전히 닫히는 오후 6시경까지 녹차를 투입해서 갈무리한다. 기록에 의하면 고려시대에 마시던 전통차로, 조선시대에 맥이 끊어졌는데, 현대에 이르러 뜻있는 애호가들에 의해 복원되었고, 초기에는 평생에 한번 인연이 닿을까 말까 한 차로 알려져 있었다. 그러나 순식간에 다인(茶人)들에게 전파되어 최근에는 '연차를 못 마셔본 사람은 다인이 아니다'라고 말할 정도로 그 선호도가 높아졌다.

연차를 운치 있게 마시려면 연지(蓮池)라는 다구(茶具)가 있어야 한다. 연지는 곤지암에 가마를 가지고 있는 도예가 신현철(申鉉哲)이 처음 창작해서 특허를 얻어낸 작품으로, 아마도 대한민국 현대 도예사(陶藝史)에서는 짝퉁을 가장 많이 배출한 다구로 기록될 것이다. 친분이 돈독한 도공들은 물론 생면부지의 도공들까지 신현철의 연지를 그대로 베껴 먹었고 다시는 재범을 저지르지 않겠다는 명분으로 받아낸 각서도 열 장이 넘는다. 하지만 각서를 쓰는 쪽은 그래도 양반이다. 적반하

장격으로 신현철이 자신의 작품을 베껴 먹었다고 동네방네 소문을 내고 다니는 도공들까지 있으니 대한민국의 전통예술과 장인정신에 긍지와 자부심을 느끼던 사람들은 실로 통탄을 금치 못할 노릇이다

대한민국의 문화는 음미의 문화다. 어떤 문화든지 진지하게 음미하지 않으면 깊이 내재하고 있는 운치를 발견하지 못한다. 차를 마시는 행위는 단순히 수분을 섭취하는 행위가 아니니다. 그것은 운치를 음미하면서 정신적 수양을 도모하는 행위다. 그래서 차를 재배할 때도 차를 마실 때도 마음이 진솔하고 정갈해야 한다. 다기도 마찬가지다. 빚을 때도 마음이 진솔하고 정갈해야 하며 쓸 때도 마음이 진솔하고 정갈해야 한다.

그러나 짝퉁은 썩은 양심으로 빚어낸 물건이다. 썩은 양심으로 빚어낸 물건에는 음미할 만한 운치가 없다. 단지 역겨움을 느끼게 만드는 탐욕만 내재되어 있을 뿐이다. 비록 턱없이 모자라는 재능으로 빚었어도 진솔하고 정갈한 마음이 들어 있으면 반드시 운치가 내재하는 법. 진정한 다인이라면 능히 그 아름다움을 차와 함께 마실 수 있을 것이다. 하지만 어찌 도예의 세계에서만 짝퉁이 범람하랴. 이제 짝퉁은 문화와 예술 전반에 걸쳐서 왕성한 번식력을 과시하고 있다. 뿐만 아니라 각종 공모전에서도 명품들을 제치고 짝퉁들이 버젓이 입상 대열에 오르는 이변이 속출하고 있다.

예술은 모방으로부터 출발한다는 말이 있다. 맞는 말일까. 사람들은 모방한 사람의 입장을 위무(慰撫)하거나 두둔할 때 자주 그 말을 사용한다. 특히 짝퉁을 만들어내는 사람들은 그 말을 일종의 면죄부로 생각하는 성향이 짙다. 그러나 예술은 창조다. 국어사전은 처음으로 만드는 것을 창조라고 풀이하고 있다. 반대로 모방은 이미 있는 것을 본떠서 만드는 것이다. 따라서 창조적 관점에서 고찰하면 예술이 모방으로부터 출발한다는 말은 예술에 대한 일종의 모독이자 망언이다.

봄날의 최후

어쩌다
늙은이 봄잠이라도 깨울까 근심하여
울 너머로
궁금한 눈길이나 한번 던지고
돌아서는 저 과객
기울어진 갓머리만 보아도
뉘신지를 알겠네.
그래,
올해는 화답하는 시 한 줄도 없이
억울하게 봄날을 지우는 매화나무.

백수 백조 탈출법

많은 분들께서 자신이 무엇을 해야 할지를 모르겠다고 토로합니다.

제도적 장치 속에서 체계적으로 공부를 하신 분들은 대부분 개성과 자아를 상실한 채 현실적 도구로 전락해 버리는 특성을 보이기 마련입니다.

현재만을 기준으로 해서 자신의 한평생을 가늠하지 마시고 앞으로 자신이 수많은 형태로 변모될 수 있음을 감안하셔야 합니다.

'나는 안 돼'라고 스스로를 격하시키면 될 일도 안 되는 경우가 많습니다. 하지만 개 발에 땀 난다는 속담도 있습니다.

한국 사람은 신바람이 나기만 하면 거의 불가능한 일도 가능케 만드는 경우가 허다합니다.

난국을 타결하기 위해서는 일단 마음의 여유부터 가질 필요가 있습니다. 마음의 여유를 가지려면 정서적 안정도 수반되어야겠지요. 하지만 지나치게 자신의 처지나 입장에 의식이 얽매여 있으면 여유나 안정을 수습할 겨를이 없지요.

일단 자신의 환경부터 바꾸실 필요가 있습니다.

처음에는 작은 일부터 성취해 보시는 것이 어떨까요. 먼저 아무 그릇이나 하나 구해서 거기에 흙을 담고 자신의 손으로 이름없는 화초라도 한 포기 길러 꽃이 피는 모습을 보시고 성취감과 자신감을 느껴보시기를 권유해 드리고 싶습니다.

예감

겨울은 깊었고
함박눈이 내리고
인생은 저물어
나는 새벽까지 잠 못 들고
창 밖 골목길
가로등 밑에서
누군가 손등으로
눈물 닦으며
기다리고 있을 것 같은 예감
그러나 내다보면 아무도 없고
자욱한 함박눈만 내리고.

샘밭 시절을 기억하는 어느 독자분께

적어도 이십대에는 객기가 좀 있어야 합니다. 그건 일종의 도전정신이지요. 잘 다듬어지면 곧바로 패기가 됩니다.

샘밭 시절은 특히 가난했던 시절이고 아마도 우리가 함께 마셨던 술은 외상이었을 가능성이 많습니다. 그 시절에는 망할 놈의 외상값 때문에 자주 아내와 다투곤 했었지요. 아마도 알콜중독에 시달릴 때가 아니었나 싶습니다. 그래서 아내는 습관적으로 인상을 찌푸렸을 것이며 당시 성격이 괴팍하고 수양까지 부족했던 저로서는 대번에 술맛을 잡쳤다고 생각했을 겁니다.

저하고 비닐하우스에서 날밤을 새우셨다지요.

샘밭은 지명이 말해 주듯이 지금도 논농사보다는 밭농사를 많이 짓는 마을입니다. 그래서 유난히 비닐하우스가 많지요. 하지만 댐이 가까이 있기 때문에 밤이 되면 기온이 급강하해 버립니다. 비닐하우스라도 그냥은 추위를 견디기 힘들지요. 얼마나 고생이 심하셨을지 짐작하고도 남음이 있습니다.

하지만 저는 이제 글을 써서 밥을 먹고 살 정도가 되는 여유를 가지고 있습니다. 그야말로 장족의 발전이지요. 뿐만 아니라 비좁기는 하더라도 삼십 명 정도는 여유있게 수용할 수 있는 독서 사랑방까지 마련해 두고 있습니다.

열혈 독자분들이 계셨기 때문에 제 인생은 달라질 수 있었습니다. 이건 절대로 접대용 멘트가 아니라 진실 그대로입니다.

내 사랑 누가 말려

오래도록 제 신경통의 증폭제로 산적해 있던 암회색 구름이 걷히기 시작했습니다.

날씨가 후덥지근합니다. 여름은 이내 본색을 드러내고 찜통 같은 더위로 세상을 삶아댈 준비를 하고 있습니다. 그래도 창 밖으로 내다보이는 우리집 화단 담벼락의 머루넝쿨은 싱그러워 보입니다.

우리 싸모님이 꽃집 화분에 갇혀 있던 놈을 불쌍히 여겨 담벼락 밑에다 방생해 주었습니다. 처음에는 지푸라기처럼 빈약한 몰골이었습니다. 하지만 지금은 다릅니다. 초강력 울트라 생장촉진제를 바가지로 퍼마신 놈처럼 날마다 왕성하게 자라 올라 담벼락을 온통 초록빛 이파리들로 도배해 버렸습니다. 한 그루뿐인데 나름대로는 웅장한 숲을 이루고 있습니다.

저놈은 낙천적인 성격을 가지고 있습니다. 오동나무가 넓적한 이파리로 햇빛을 가리고 있어도 눈 한 번 흘겨본 적이 없습니다. 넝쿨마다 열매들이 풍성하게 매달려 있는데 어찌나 알이 탐스러운지 포도로 오

인하는 사람들이 대부분입니다. 하지만 저놈은 절대로 포도에게 열등감을 느끼지 않는 머루입니다. 사람들이 자신의 열매를 포도로 오인해도 그저 눈웃음이나 치면서 가벼이 이파리들을 흔들어 보일 뿐입니다.

저는 오늘부터 저놈의 천성을 배워야겠다는 생각을 합니다. 자연의 천성을 배우는 방법은 너무나 간단합니다. 꽃의 천성을 배우고 싶으면 꽃을 진실로 사랑하면 됩니다. 물의 천성을 배우고 싶으면 물을 진실로 사랑하면 됩니다. 그러면 바라만 보아도 그것들의 천성이 복제됩니다. 그래서 저는 오늘부터 누가 뭐라 하건 머루넝쿨을 사랑하기로 작정해 버렸습니다.

4장

인간 보기

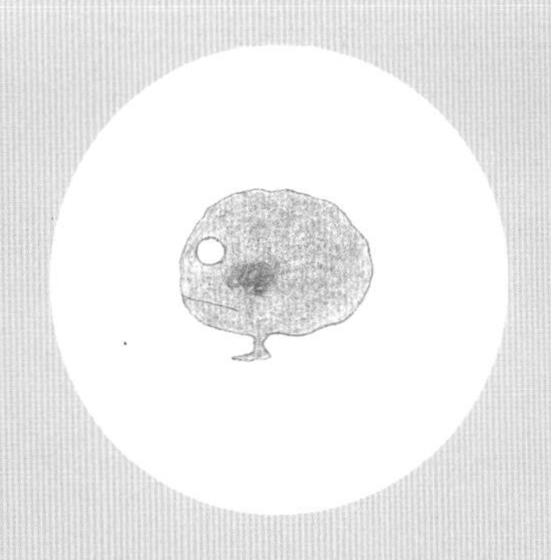

내가 누군가를 아름답다고 말하거나 추하다고 말하기 전에
내가 누군가를 정확하게 볼 수 있는 안목을 가지고 있는가부터
깊이 숙고해 보겠습니다

지구상에 존재하는 생명체들 중에서
독서를 즐기는 생명체는 오로지 인간뿐이다.

따라서 독서를 게을리하는 소치는
인간이기를 게을리하는 소치나 다름이 없다.

서옹 스님 입적하신 날

지난 가을 백양사 단풍
적요한 햇빛 속에 소낙비처럼 쏟아진 뒤로
이제 세상에는 볼 만한 풍경도 없고
들을 만한 말씀도 없네.
다만 속이 텅 빈 주장자 하나 비스듬히
벽에 머리를 기댄 채 졸고 있는 한나절.

자신을 개선하고 싶다면

자신의 악습을 마음속으로 합리화하거나 두둔하는 성향이 있는 사람은 자신을 개선하기 어렵다.

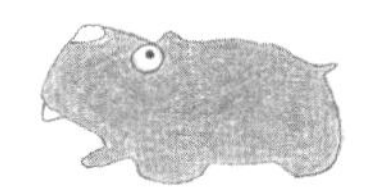

만약 그대가 자신을 개선하고 싶다면 자신에게 엄격하라. 자신의 방문에 감옥의 철문을 주문해서 걸어 잠그는 식의 철저함 정도는 가질 수 있어야 한다. 자신을 통제하는 능력을 가져야만 인생을 통제하는 능력을 가질 수 있다.

새해가 온다지만

나는 오늘 비로소 평소 내가 사용하던 안경의 다리가 없다는 사실을 깨달았습니다. 하지만 안경다리가 없다고 세상까지 잘못 보지는 않습니다.

가끔 부끄러움을 모르는 사람들이 부러울 때도 있지만 그것을 혐오스럽게 생각하는 저 자신이 부끄러울 때가 더 많습니다. 새해가 온다지만 해는 언제나 그대로입니다.

언제나 자신이 새로워지는 일이 중요합지요.

복이야 지은대로 받는 법. 빌어준다고 받는 것도 아니므로 오늘은 한잔 마신 김에 나를 한 번 더 버려봅니다.

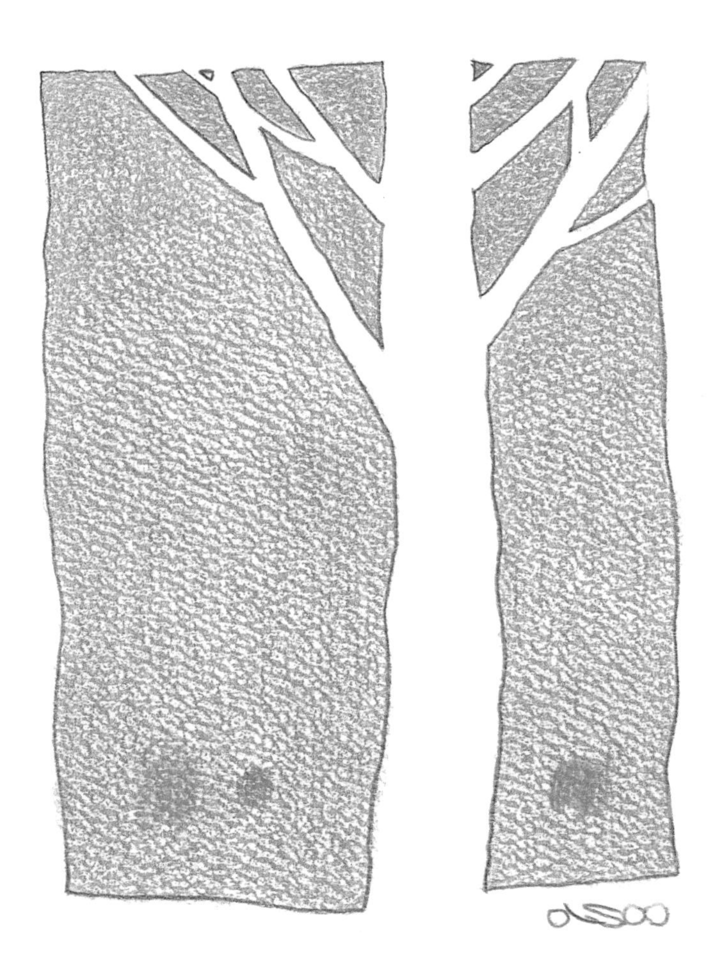

새해

그대가 작년과 다르지 않다면
애써 다르기를 바라는 것은 말짱 헛일입니다.

가끔씩 그대의 이름이라도 낯익기를 기다리면서.

중언부언 - 중의 말이 부처의 말이라는 뜻이 아님

그대가 문학을 도구로 삼는다고 생각한다면
그대의 문학은 얕아질 수밖에 없다.

문학이 그대를 도구로 삼는다고 생각한다면
그대의 문학은 깊어질 수밖에 없다.

전자는 문학에 목숨을 바치기를 아까워하고
후자는 문학에 목숨을 바치기를 기꺼워한다.

이외수는 임신중입니다

며칠 동안 세상을 곁눈질하면서 잠시 누에처럼 의식의 고치를 만들어 그 속에서 죽은 척 살고 있었습니다.

남들하고 똑같이 살아갈 수 있는 능력과 남들하고 다르게 살아갈 수 있는 능력을 함께 겸비하지 않는다면 진정한 자유는 기대할 수 없겠지요.

마찬가지로 내 바깥에 존재하는 것들 때문에 울 수 있는 감성과 내 안에 존재하는 것들 때문에 울 수 있는 감성을 함께 겸비하지 않는다면 진정한 예술도 기대할 수 없습니다.

하지만 아무리 거룩한 이념이나 철학도 자신의 모습이 보이지 않는 사람에게는 아무런 소용이 없는 법입니다. 우리는 대부분 어떤 대상에 대해서도 명확한 단정을 내릴 수가 없는 미완의 존재에 불과합니다.

물론 저도 예외는 아닙니다. 많은 사람들이 저에게 공인이라는 딱지를 붙이고 공인답게 살아가기를 기대합니다. 하지만 솔직히 말해서 저는 자신을 공인으로 생각해 본 적이 한번도 없습니다. 사회의 모든 구

성원들이 공인이라는 생각을 가지고 있습니다.

제 홈페이지의 진정한 주인은 여러분 자신입니다. 불편한 점도 서운한 일도 서로 조금씩 이해하고 양보하면서 살아가는 자세가 필요합니다.

특히 고참 여러분들께 단도직입적으로 말씀드립니다.

오늘부터 눈팅들 그만하시고 초심으로 돌아가서 허심탄회하게 글들 좀 써주세요. 특히 제가 부재중일 때는 처음 오시는 분들께 넌지시 손이라도 한번 잡아주세요.

절이 싫으면 중이 떠나는 거지, 라는 말 자주 애용하는 스님치고 대각견성한 사람 아무도 없습니다요.

어떤 정치가 : 죄송합니다.
저는 당신의 소설을 아직 한 권도 읽지 않았습니다.

어떤 소설가 : 괜찮습니다.
다른 동물들도 모두 당신과 마찬가집니다.

언제 저하고 낚시나 한번 가시지요

어제는 아내와 장남을 대동해서 손수 핸들을 잡고 의암호로 낚시를 갔습니다.

더위가 한여름 콩죽 끓이는 가마솥처럼 부글거리고 있었습니다. 좌대 하나를 차지하고 두 칸짜리 낚싯대를 펼쳤습니다. 사방에 수초가 깔려 있어서 그야말로 죽이는 포인트로 여겨졌습니다.

하지만 날이 저물 때까지 입질 한번 오지 않았습니다. 새벽 2시까지 찌는 물 속에 말뚝을 박은 채로 요지부동이었습니다.

잠깐 눈을 붙였다가 새벽 다섯 시쯤에 다시 수초지대를 공략해 보았습니다. 마찬가지였습니다.

싸스랄(싸스와 지랄을 합성한 감탄사)!

아침이 되자 하늘이 조금씩 흐려지더니 빗방울이 수면에 동그라미를 그리기 시작했습니다. 거센 빗줄기는 아니었지만 그래도 일단 파라

3+3=

3!

솔을 펼쳤습니다.

여전히 입질이 없었습니다

그때 아내의 핸드폰이 띵동거리기 시작했습니다. 아내는 상대편과 이야기를 나누더니 핸드폰을 제게로 내밀었습니다. 법적 사무처리와 관계된 내용이었습니다.

그런데 대화 도중에 찌가 힘차게 솟구쳐 오르는 장면이 포착되었습니다. 반사적으로 낚싯대를 잡아챘지요. 빽 하는 저항감이 느껴졌습니다.

대물이다.

아내가 재빨리 핸드폰을 받아서 내용을 마무리지었습니다. 저는 대물과 실랑이를 벌이기 시작했습니다. 얼마나 큰놈인지 낚싯대를 세울 수가 없었습니다. 초릿대가 그대로 물 속에 처박혀 있었습니다.

6!

놈은 엄청난 힘으로 낚싯대를 끌어당기면서 마른 갈대 줄기들을 어수선하게 뒤흔들고 있었습니다.

싸스랄!

실랑이를 벌이던 중 일순간에 저항감이 사라져버렸습니다. 놈은 마른갈대 줄기에 낚싯줄을 휘감고 몸을 이리저리 뒤틀어 낚싯바늘을 제거한 다음 줄행랑을 쳐버리고 말았습니다.

열받네.

여러 가지 정황으로 미루어 잉어임이 분명하다는 판단이었습니다. 저는 마음을 가라앉히고 다시 같은 포인트를 공략하기 시작했습니다.

얼마나 시간이 지났을까.
찌가 조심스럽게 미동을 보이고 있었습니다.

3+3
3!

모든 세포들이 극도의 긴장감 속에서 챔질의 순간을 기다리고 있었습니다. 하지만 놈은 이십여 분이나 뜸을 들이면서 먹이의 안전성을 점검하고 있었습니다. 저는 미끼를 다시 갈아줄까 말까 망설이고 있었습니다.

그때였습니다.

놈은 안심을 했는지 찌를 힘차게 밀어 올리고 있었습니다.

피잉

낚싯줄이 울었습니다. 저는 뻑적지근한 저항감을 느끼면서 놈을 끌어내는 일에 안간힘을 쓰고 있었습니다.

드디어 놈이 수면 위로 얼굴을 내밀었습니다. 전장 오십 센티미터 정도의 잉어였습니다. 낚싯꾼들은 이 정도 크기에는 잉어라는 호칭을 쓰지 않고 발갱이라는 애칭으로 대신합니다. 잉어가 아니라 잉애로 취

급하는 거지요.

어제의 조과는 그것으로 끝이었습니다

빗줄기가 점차 기세를 더해갈 무렵 우리는 장비들을 거두기 시작했습니다. 저는 집에 돌아와 손님들과 맥주 한 박스 비우고 늘어지게 밀린 잠을 청산했습니다.

어제 잡은 잉애는 지금 격외선당 작은 연못 속에서 활기차게 잘 놀고 있습니다. 이따금 격외선당 연못을 들여다보시면서 매운탕을 들먹거리는 분들도 계십니다. 하지만 어찌 가족을 매운탕으로 끓여 먹을 수가 있겠습니까.

언제 저하고 낚시나 한번 가시지요.

8!

그대가 문인이 되지 못하는 이유

자신이 문학을 빙자한 양아치라는 사실을 스스로 치욕스러워 하지 않기 때문이다.

사랑은 주식 축복은 간식

저는 아침이 오면 한숨 자두어야 합니다. 제 글들은 이따금 피부염을 앓거나 편두통에 시달립니다. 때로는 연고를 발라주기도 하고 때로는 탕약을 달여 먹이기도 합니다. 결과가 좋지 않으면 당연히 마음이 무겁습니다. 하지만 피부염이나 편두통 정도는 약과입니다. 때로는 뼈가 부러지거나 혈관이 터져버리는 경우도 있습니다. 심한 경우에는 오장육부나 사대육신을 모조리 갈아 끼우는 대수술도 감행해야 합니다. 그럴 때는 밥을 먹어도 배가 부르지 않고 잠을 자도 몸이 가볍지 않습니다.

지난 주에도 한차례 대수술이 있었습니다. 다행히 수술은 성공적으로 끝났습니다. 덕분에 아주 건강한 모습을 가지게 되었지요. 하지만 세상에 나가려면 얼마나 더 많은 밤을 새워야 할지 아직 확실치 않습니다.

문득 아주 가까운 거리에 봄이 당도해 있다는 예감에 사로잡힙니다. 겨울이 끝나기 전에 소설을 완성하고 싶었지만 능력이 부족해서 악전고투만 거듭하고 있습니다. 설상가상으로 전혀 예기치 못했던 장애물이 나타나 망치로 뒤통수를 후려치거나 도끼로 발등을 찍기도 합니다.

그래도 제게는 독자라는 이름의 희망이 있습니다.

사랑이 충만하신 하나님. 새로운 한 주가 문을 열었습니다. 여기 들어 오시는 모든 분들께 일용할 사랑을 주옵시고, 디저트로 일용할 축복도 주옵소서.

나도 정신적으로 무슨 문제가 있는 것은 아닐까

요즘은 신용카드에 관계된 사건들이 뉴스시간마다 단골 메뉴로 등장하고 있다. 오늘은 생활비 조달조차 어려운 이십대 여성 하나가 수차례나 신용카드를 훔쳐서 수백만 원짜리 명품들을 사들이다가 경찰에 구속되었다는 보도가 있었다. 훔친 신용카드는 언제나 한 번만 사용하고 쓰레기통 속에 버리는 수법을 사용했다고 한다. 신용카드를 훔쳐서 한 번 명품을 구입해 본 뒤로는 다른 물건들이 무가치해 보였으며 오로지 명품만 보면 구입을 하고 싶은 충동을 참을 수가 없어서 상습적으로 범행을 저지르게 되었다는 고백이었다. 나는 고개를 깊이 숙인 채 조사를 받고 있는 그녀의 뒷모습을 보면서 그녀가 차고 있는 수갑이 어느 나라 명품일까를 생각해 보았다.

이따금 카드빚으로 인한 정신적 고통을 장황하게 열거하면서 내게 거액의 돈을 빌려 달라는 메일을 보내는 사람들이 있다. 적게는 천만 원을 요구하는 사람에서 많게는 오천만 원을 요구하는 사람도 있다. 돈은 내가 쓸 테니까 글은 니가 쓰라는 뜻일까. 설마 신용카드로 천만 원 어치씩이나 내 책을 사주지는 않았겠지. 하지만 나도 끊임없이 날밤을 새우면서 발버둥을 치고 있을 뿐 경제적으로는 그리 풍족한 편이 아니

다. 가족들에게는 욕심을 줄이는 일로 행복을 대신하라고 충언해 주면서 살고 있다. 그러니 그들에게 거액의 돈을 보내줄 형편이 못 된다.

아무튼 명색이 작가인지라 세상 돌아가는 판대기는 알아야겠다는 생각에서 뉴스를 보기는 하지만 월드컵 축구 이후로 뉴스를 보고 마음이 개운했던 적이 한번도 없었으니 나도 정신적으로 무슨 문제가 있는 것은 아닐까.

어찌 얼굴 붉지 않으랴

문 없이 문 밖을 바라본 그대

발자국 가득 구름 고이네.

오늘 마신 한 잔 술 적다고

어찌 얼굴 붉지 않으랴.

새벽달 기우는 시간 처마 밑엔

박꽃 몇 송이.

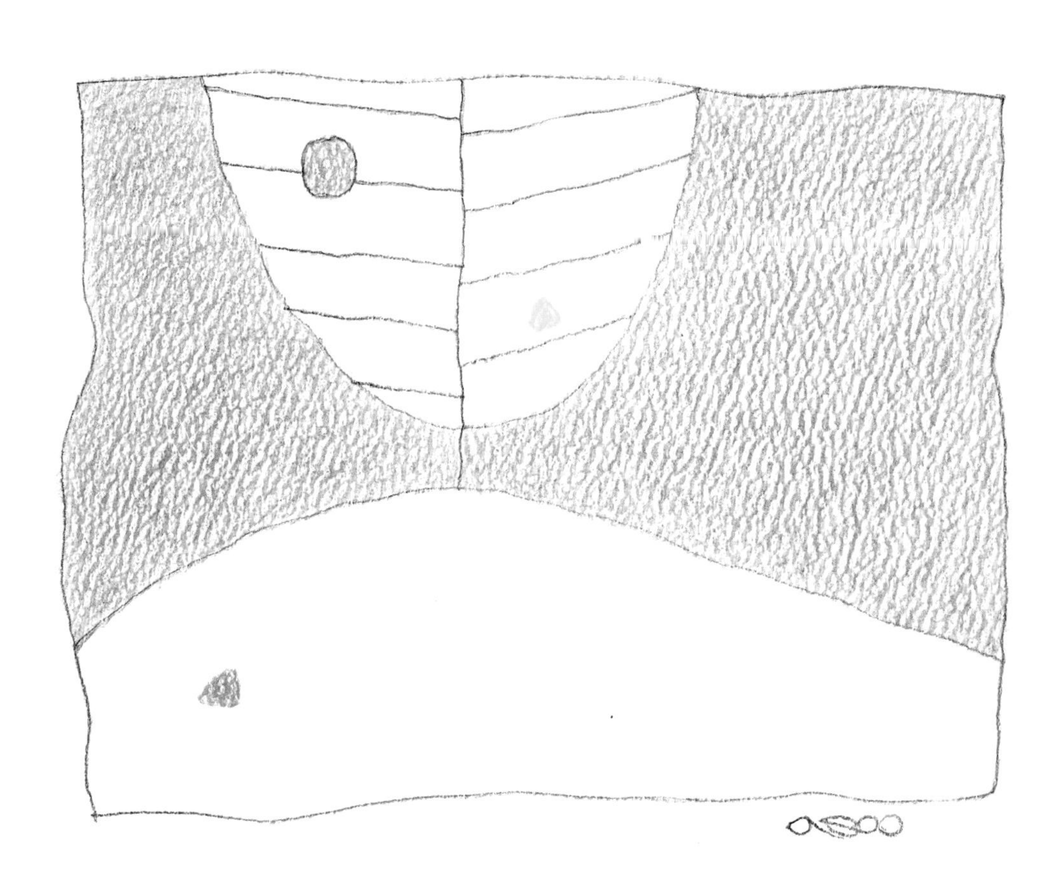

우리가 어째서 자격미달인가

어떤 축구경기든지 감독이나 선수가 휘슬을 불지는 않는다.

그토록 경기 경험이 많은 선수와 감독들이 어느 나라에서 월드컵이 열리든지 항시 홈팀에게 유리한 쪽으로 경기가 운영된다는 사실을 모르고 있었다는 말인가.

그들은 단지 우리를 변방의 미개인들로 생각하고 있었으며 자신들을 지나치게 과대평가하고 있었다.

그들은 자신들이 패했다는 사실을 절대로 믿고 싶지 않을 뿐이다.

우리가 심판을 매수했다는 둥, 피파의 입김이 작용했다는 둥, 선수들이 약물을 복용했다는 둥 하는 말들은 근거 없는 추측에 불과하며 유치하기 그지없는 패자들의 자기변명에 불과하다. 그들은 상대국의 선수들이나 심판을 비난하기 전에 진정한 스포츠맨십이 어떤 것인가를 먼저 생각해 보아야 할 것이다.

반칙으로 따지자면 그들은 그야말로 축구를 무슨 격투기로 착각하고 있는 듯한 양상까지 보였다. 그래서 그들의 패배는 더욱 쌤통이었다.

승자가 미안한 마음을 가지는 것은 패자의 아픔을 헤아리는 덕성에서 기인하지만 그것을 오래 간직하는 사람이라면 한 번쯤 자신의 습관화된 비굴성을 의심해 볼 필요가 있다.

우리 선수들의 막강한 투혼과 우리 국민들의 절대적 단합은 월드컵

역사상 가장 놀라운 신화로 전세계 매스컴에 회자되고 있다. 물론 우리는 패자의 슬픔을 위로할 아량도 있지만 아울러 승자의 기쁨을 누릴 자격도 충분한 것이다.

민간요법

어제부터 감기란 놈이 중량 45킬로그램 신장 169센티미터의 내 육신을 힐끔거리고 있다. 나는 남다른 정신력을 가지고 있다고 자부하는 편이지만 면역력이 턱없이 부족한 육신을 간직하고 있기 때문에 각별히 조심할 필요가 있다. 일단 발병하면 치유에 상당한 어려움이 따른다.

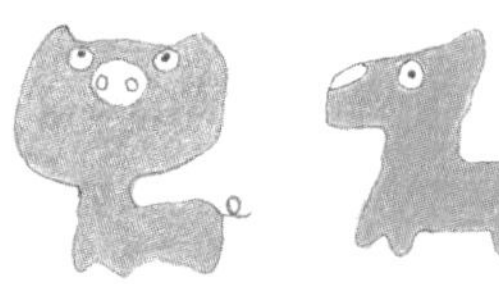

하지만 나는 저놈의 약점을 잘 알고 있다. 저놈은 양방에 대해서는 익숙한 내성을 간직하고 있기 때문에 어지간한 방법으로는 퇴치가 곤란하다. 바이러스들에게는 결코 죽음이 존재하지 않는다. 조건이 나쁘면 무생물로 자신을 변환시켜 무기한 활동을 중단한다. 인간은 결코 저놈을 멸종시키지 못한다. 저놈은 나름대로 자신을 퇴치하려는 인간을 보면서 조소를 금치 못한다. 하지만 저놈은 아직 한방에 익숙치 않다는 약점을 가지고 있다.

나는 장뇌삼을 세 뿌리 석청꿀에 찍어 먹고 진한 쌍화차 한 잔을 들이 켠 다음 늘어지게 수면을 즐겼다. 다행히 별다른 이상이 느껴지지 않는다. 그런데 인터넷이 열리지 않는다. ADSL 링크 포인트 표시등이 불안정하게 숨을 헐떡거리고 있다. 저놈이 감기에 걸린 모양이다. 담당 회사에 전화를 걸어 문제를 해결하고 식당에 전화를 걸었다.

나는 어릴 때부터 매운음식이라면 질색이다. 하지만 이럴 경우에는 다르다. 감기를 퇴치하기 위해 땀을 뻘뻘 흘리면서 육개장을 먹었다. 몸이 많이 개운해졌다. 예상컨대 문하생을 불러 보이차를 몇 잔 마시면 오늘도 새벽까지 근무중 이상무가 아닐까.

겨울통신

이틀째 비가 내리고 있다. 신경통이 도진다. 기상청에 의하면 이번 비는 내일까지 계속되리라는 전망이다.

내 방식으로 해석하자면 내일까지 신경통이 머물러 있으리라는 진단이나 다름이 없다. 인체도 자동차처럼 부품을 갈아끼울 수만 있다면 나는 일단 뼈들부터 몽땅 새것으로 갈아끼우고 싶다. 하지만 엄청나게 비싸겠지. 차라리 그냥 앓는 편이 나을지도 모른다. 아마도 강원도 산간 지방은 내일쯤 모든 풍경들이 새하얀 폭설에 뒤덮이겠지. 이마가 시리다. 이제는 완연한 겨울이다.

개강이 무서버

오늘은 일요일입니다.

예전에는 토요일은 반공일이라고 하고 일요일을 온공일이라고 했지요. 국어사전에는 반공일이 오후에는 노는 날이라고 풀이되어 있습니다. 그러니까 온공일은 하루 종일 노는 날이겠지요.

하지만 예나 지금이나 사전식 풀이대로 살 수 없는 사람들이 부지기수입니다. 농사꾼들은 반공일에도 일을 해야 하고 온공일에도 일을 해야 합니다. 겨울에도 마찬가지입니다. 농기구를 손질하거나 종자를 돌보거나 비닐하우스를 관리하는 일로 여가를 즐길 틈이 없을 지경입니다.

예전에는 사전식으로 반공일이나 온공일에 여가를 즐길 수 있는 사람들도 농촌으로 놀러 가면 아무리 철면피한 사람이라도 고성방가나 음주가무를 삼가는 편이었습니다. 농사꾼들에 대한 예절이라고 생각했기 때문입니다. 남을 생각하는 마음이 없다면 우리가 살고 있는 세상은 얼마나 삭막해질까요.

피골이 상접해 있는 암환자 곁에서 육체미 운동을 해서 불어난 알통을 자랑삼아 까 보이는 문병객. 열등감에 사로잡혀 있는 삼수생 앞에서 자신의 사진이 실물보다 잘 나왔다고 자랑삼아 학생증을 보여주는 대학생. 대머리에게 장난삼아 고성능 광택제를 선물하면서 적합한 물건을 고르느라고 몇 시간을 고심했노라고 너스레를 떠는 친구놈. 상사가 이혼을 한 줄 뻔히 알면서도 해외연수 중에 구입한 비아그라를 선물하면서 효능을 장황하게 설명하는 부하직원.

초상집에 문상을 간 조문객의 호출기에서 간드러지게 들려오는 호출음. 얼씨구 절씨구 차차차. 지화자 좋구나 차차차.

소극장에서 어느 초연자가 피눈물나는 연습을 거쳐 공연하는 판토마임 도중 갑자기 객석에서 항의하듯 돌출되는 아이의 쨍쨍한 목소리. 아빠아 나 똥마렵단 말이야.

자신은 대수롭지 않다고 생각해서 저지른 언행이 때로는 타인에게 오래도록 아물지 않는 상처로 남는 수가 있습니다.

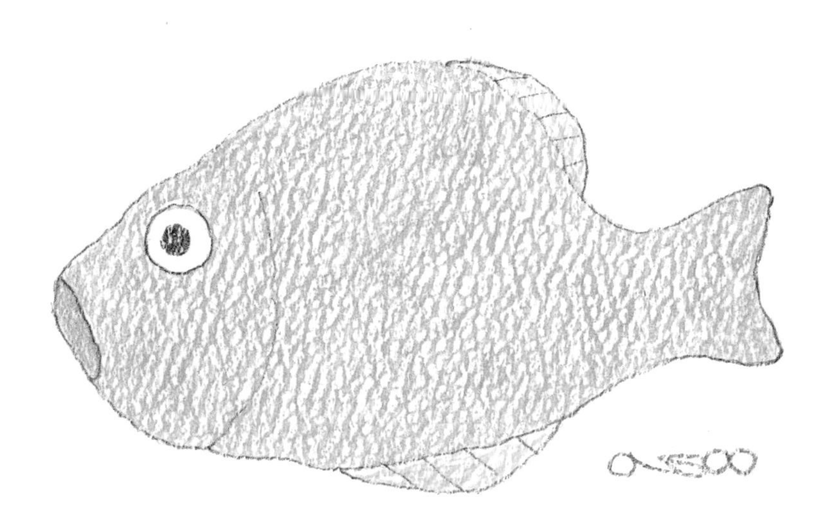

어리석은 사람이란 지능지수가 낮은 사람이 아니라 타인의 마음을 헤아리지 못하고 자신의 기분대로만 행동하는 사람입니다.

우리는 솔로몬의 재판을 지혜로운 재판이라고 말합니다. 한 명의 아기를 두 명의 여자가 서로 자신의 친자라고 주장하지요. 솔로몬은 아기를 반으로 나누어 가지라고 말합니다. 물론 그 판결 앞에서 친모는 그 아이가 자신의 친자가 아니라고 말합니다. 지혜의 원천은 두뇌에 있는 것이 아니라 마음에 있는 것이지요. 솔로몬은 친모의 마음을 헤아릴 줄 아는 지혜를 간직하고 있었기 때문에 그런 재판을 할 수가 있었던 것입니다.

비록 최고의 명문대를 최고의 성적으로 졸업한 사람이라도 타인의 마음을 헤아릴 줄 모른다면 어리석은 사람의 범주에 속합니다.

저는 개강을 두려워하는 사람 중의 하나입니다.

오래도록 밤에 글을 쓰는 습관을 가지고 있었는데 방학 중에는 글을 쓰기에 적합한 분위기를 유지하다가도 개강만 되면 주위가 소란스러워 도저히 글을 쓸 수 없는 상태로 돌변해 버리고 맙니다.

제가 사는 지역 가까이에는 대학이 몇 군데 있습니다. 밤이면 대학생들이 술을 마시고 새벽까지 거리에서 소란을 일삼기 때문에 가뜩이나 재능이 부족한 제가 글을 쓰기에는 여간 어려운 형편이 아닙니다.

대학생들의 소란은 IMF 이전이나 이후나 변함이 없습니다. IMF는 기성세대가 만들었으니 대학생들과는 아무런 상관이 없다고 생각하는 작태처럼 보일 지경입니다.

몇 달 전에 서울의 어느 대학에서 강연을 끝내고 주변을 둘러볼 기회가 있었는데 대학가라기보다는 유흥가에 가깝다는 생각을 했습니다. 서점은 한 군데도 찾아볼 수가 없었습니다. 춘천도 다르지 않습니다.

우리 집 앞에도 작은 서점이 하나 있는데 책이 팔리지 않아서 문을 닫아야 할 위기에 처해 있습니다.

날마다 새벽까지 술을 마시고 소란을 일삼아야 하는 대학생들의 마음을 헤아릴 수 없으니 저는 아직도 어리석음을 탈피하지 못한 원고지 기생충임이 분명합니다.

작가도 글을 쓸 때는 농사꾼이나 다름이 없습니다.

날마다 글농사로 피골이 상접할 지경이지만 언제나 만족스럽지 않은 결실을 얻게 됩니다. 자신에 대한 무능과 현실에 대한 비애로 절필해 버리고 싶은 충동에 사로잡힐 때가 한두 번이 아닙니다.

비록 농사철에 밭에 나가 농사꾼을 거들어주지는 못하더라도 방해가 되는 행동은 삼가야 하지 않을까요.

한 끼의 밥을 먹으면서 농사꾼에게 감사하는 마음을 가질 수는 없더라도 밥투정은 하지 말아야 하지 않을까요.

오늘은 일요일입니다. 온공일입니다. 그러나 육체적으로든 정신적으로든 타인의 일용할 양식을 위해 오늘도 쉬지 않고 하루 종일 일손을 놓지 않는 농사꾼들이 적지 않다는 사실을 잠시만이라도 헤아려주시기를 앙망하는 바입니다.

발상의 전환

지인 중에 지독한 술꾼들이 있습지요. 글을 보면 어김없이 글 속에서 술냄새가 납니다. 그만큼 진실한 거지요. 대부분 안주에 대한 언급이 없는 걸로 보아 안주에 대해서는 그다지 관심을 기울이지 않는 것 같습니다. 자학형 술꾼들의 특성이지요.

조금 전에 식사를 했습니다. 반찬은 어리굴젓이었지요. 저는 어리굴젓을 입 안에 넣으면서 문득 그 속에 섞여 있는 바다 냄새를 맡았습니다. 순간, 조상의 지혜로운 낭만에 탄복하고 말았습니다.

우리 조상들은 굴을 절여 먹는 척하면서 사실은 바다를 절여 먹었던 것은 아닐까요.

아무튼 술꾼들은 아직도 낭만을 간직하고 있어서 더 정겹습니다. 깡소주로 날밤을 새던 젊은 시절 비닐봉지 속에 들어있는 십 원짜리 멸치를 안주로 씹으면서 지독하게 바다를 그리워했던 기억이 새롭습니다.

성탄절 아프게 보내기

한 명의 아기예수가 이 세상에 존재하기 위해서 다른 아기들이 수백 명씩이나 억울하게 처형당했던 비극을 생각하면 성탄절을 기념한다는 명분으로 무작정 술 마시고 노래하고 기뻐하는 풍조는 사라져야 한다.

하나님은 우리의 죄를 사하기 위해 당신의 독생자를 이 세상에 보내셨다. 그로 인해 우리가 진실로 행복하게 살고 있다면 당연히 술 마시고 노래하고 기뻐해도 무방하다.

그러나 아직도 인류는 사랑의 진의를 깨닫지 못하고 끊임없이 죄악의 구렁텅이에서 영혼을 더럽히는 머드팩을 일삼고 있다. 어쩌면 인류는 예수가 가리키는 반대쪽으로만 막무가내로 치달아 가고 있는 것은 아닐까. 아직도 시기와 질투 위선과 모략 전쟁과 파괴는 끝나지 않았는데 성탄절만 되면 무작정 술 마시고 노래하고 기뻐하는 사람들의 모습을 과연 하나님은 어떻게 보실지 궁금하다.

물론 세상에는 하나님의 은혜로 자신이 진실로 행복한 존재가 되었노라고 생각하는 사람들도 적지 않을 것이다.

그러나 자신이 행복하다고 타인의 불행을 외면한 채 성탄절을 즐거움 일색으로 보내는 사람이 있다면 그가 누리는 행복은 죄악과 별반 다르지 않다. 모든 죄악은 이기심이라는 온상에서 재배되는 독초다.

성탄전야
부처를 숭배하는 사람도
예수를 숭배하는 사람도
알라를 숭배하는 사람도
또는 아무도 숭배하지 않는 사람조차도
오늘은 일단 이기심이라는 온상에서 재배되는 독초부터 뽑아버리고
불행과 시련에 처해 있는 사람들의 아픔을 함께 느끼면서
온 세상에 사랑이 충만하기를 간절히 기도하는 날이 되기를 소망해 본다.

5장

빈손 보기

한 줄도 못 쓰고 지새운 날은
차 한 잔 마시기도 쑥스럽구나

만물의 본성에 입각해서

어떤 대상을 논리적으로 비판하는 일이 얼마나 주제넘은 일인가를 알지 못하는 사람은 대개 합리성이나 정당성이 결여되어 있는 자기 오류에 빠지기 십상이다. 그래서 전정한 예술가는 가급적이면 대상을 설명하는 일에 열중하지 않고 표현하는 일에 열중하게 된다. 표현은 견해의 소산이 아니라 감응의 소산이다.

진정 자유는

의식이 자유롭지 않으면 생활도 자유롭지 않습니다.

마음이 여유롭지 않으면 생활도 여유롭지 않습니다.

어떤 거지 같은 놈의 명함판 사진 한 장

어떤 거지 같은 놈이 있었다. 그는 한때 세속에 염증을 느껴 생각이 이기적인 놈들이나 선함을 가장한 비굴성을 호신책으로 간직하고 살아가는 놈들하고는 아예 상종조차 하지 않았다. 딴에는 큰 공부를 한답시고 유불선에 목을 매달아본 적도 있었고 때로는 여러 분야의 수행자들과 날밤을 새우면서 자연과 우주를 논해본 적도 있었다. 깡패들과 어울려 싸움질이나 하면서 인간말종으로 살았던 시절도 있었고 지식인들과 어울려 관념놀이나 하면서 고등천치로 살았던 시절도 있었다. 그러나 어느날 거지 같은 놈은 홀연히 깨달았다. 모든 공부의 근본이 마음에 있다는 사실을.

거지 같은 놈은 산을 만나면 산이 되고 물을 만나면 물이 될 줄 아는 인격체가 되고 싶었다. 그러자면 우선 자신이 알고 있는 자신부터 버려야 한다. 그는 한때 세인들이 그를 지칭하던 기인에서 평범한 시정잡배로 돌아왔다. 그에게는 분명한 하산이다. 사방이 다 내려다보이는 산꼭대기에 주저앉아 있는 놈은 아직 공부가 모자라는 놈이다. 진실로 산꼭대기에서 사방을 내려다보았다면 출발했던 그 자리로 돌아갈 줄 알아야 한다. 그래서 하산이라는 말은 의미심장하다.

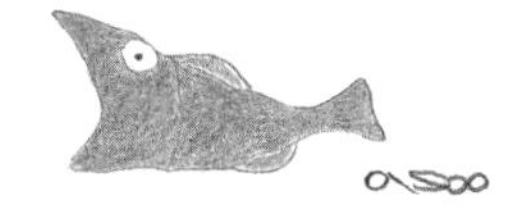

그는 평범한 시정잡배로 돌아왔지만 산을 만나면 산이 되고 물을 만나면 물이 될 수가 있다. 몸이 그렇다는 것이 아니라 마음이 그렇다는 것이다. 인간을 대할 때도 마찬가지다. 깡패를 만나면 깡패가 되고 현인을 만나면 현인이 될 수가 있다. 이것은 조화할 수 있음을 의미하는 것이지 대적할 수 있음을 의미하는 것은 아니다. 그는 한없이 비천하게 보일 수도 있고 한없이 고상하게 보일 수도 있다. 다만 그의 앞에 어떤 성정(性情)이 놓이는가에 따라 얼마든지 달라질 수가 있다.

그는 생노병사 희노애락을 숨기거나 피하지 않는다. 예수님도 부처님도 그것을 숨기거나 피하지 않으셨다. 그는 화를 낼 일이 있으면 화를 내고 슬퍼할 일이 있으면 슬퍼한다. 다만 그것을 오래 간직하고 있지 않을 뿐, 그 순간이 지나면 놓아버린다.

그는 오늘날의 젊은이들을 좋아한다. 오늘날의 젊은이들은 보편적으로 정의롭고 정직하고 자유롭다. 그러나 불만이 전혀 없는 것도 아니다. 대부분 머릿공부에 너무 많은 시간을 빼앗긴 나머지 마음공부를 너무 소홀히 해서 무례를 부끄러워할 줄 모른다. 그것은 청년기의 특권이

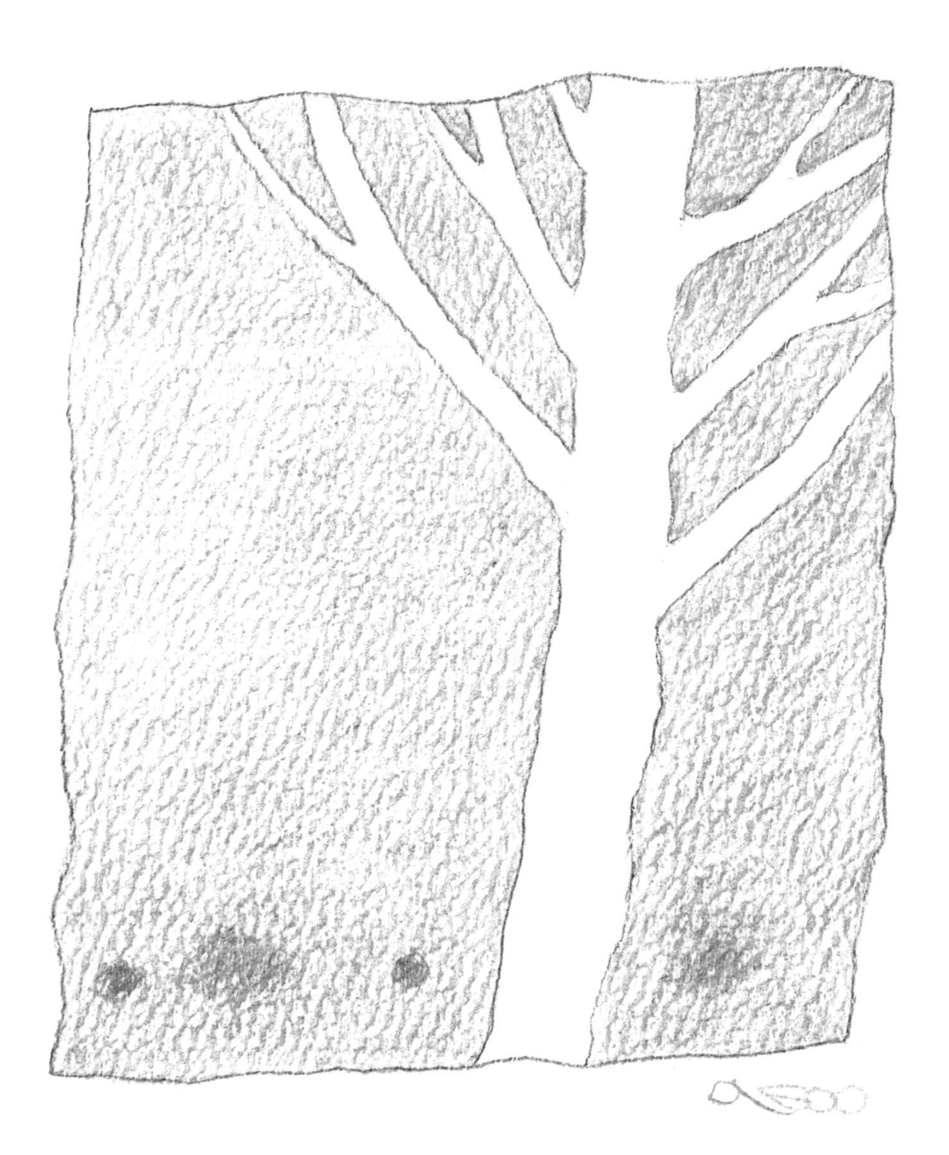

아니라 유아기의 특권이다. 그리고 지나치게 이기적인 성향도 마음에 들지 않는다. 하지만 앞으로 개선할 수 있는 기회와 시간이 충분하기 때문에 그리 비관적으로는 생각지 않는다.

적어도 그는 한번 인연을 맺으면 평생을 지켜본다. 그에게 막대한 피해를 입히거나 배신을 때린 놈들도 달라지는 날이 오기를 기다린다. 그러나 한평생 자기 껍질을 탈피하지 못하는 놈들도 부지기수다. 그는 권위를 대단치 않게 생각한다. 남을 대할 때는 그다지 흉허물을 가리지 않는다. 그러나 흉허물을 가리지 않으면 영락없이 버르장머리가 없어지거나 그를 과소평가해 버리는 성향을 나타내 보이는 놈들도 적지 않다. 상대를 하자니 시간이 아깝고 외면을 하자니 도리가 아니다.

최소한 오십여 년을 산전수전 다 겪으면서 살아온 그에게 충언을 할 때는 자신의 판단이 과연 옳은가를 깊이 재고해 볼 필요가 있을 터인데도 주제넘은 소리들을 서슴지 않을 때는 대꾸조차 귀찮아진다.

그 거지 같은 놈의 직업은 소설가다. 그래서 작품에 대해 비판적인

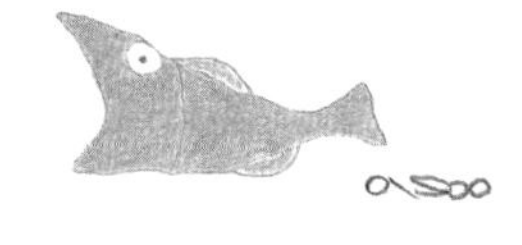

시각을 들이대는 놈들에 대해서는 그다지 좋은 점수를 주지 않는다. 글을 잘 쓴다고 소설까지 잘 쓰는 것은 아니다. 이 말이 사실인지 아닌지를 알고 싶다면, 그리고 자신이 글깨나 쓴답시고 자부한다면, 이백자 원고지 백 매 분량의 단편 하나라도 제대로 한번 써보시라.

머릿속에 들어 있는 몇 가마니의 지식으로 썰을 풀기는 쉬워도 소설을 창작하기는 어려운 법이다. 글에도 생명이 있다. 그러나 그것을 모두가 느낄 수는 없다. 당연히 모두가 느끼기를 바라지도 않는다. 하지만 자신의 비판적인 안목에 겸허함이 간직되어 있지 않은 자들에게는 글이 절대로 가슴을 열어주지 않는다.

그는 지금 소설 한 편을 삼 년째 붙잡고 있다. 그러나 삼 년째 붙잡고 있으면서도 언제 끝나는지 알지를 못한다. 그것은 그가 글을 다스리고 있는 것이 아니라 글이 그를 다스리고 있기 때문이다.

나부터 맑아지기

남에게 도움을 주면서 기쁨을 느끼는 인간은 되지 못하더라도 남에게 피해를 주면서 기쁨을 느끼는 인간은 되지 말아야겠지요. 자신의 실수나 결함을 변명하고 치장하는 습관을 가진 사람에게는 발전과 성공이 등을 돌리기 마련입니다. 세상이 진정 맑아지기를 기대한다면 먼저 나부터 맑아지기를 기대해야겠지요.

춘천에도 눈이 옵니다

어제는 윤도현 밴드 공연 보러 갔었습니다. 대기실에 갔더니 드럼을 친다는 김진원이라는 사람이 자기를 알아보겠느냐고 묻더군요. 물론 저는 기억이 나지 않았습니다. 그가 십여 년 전에 저를 만났던 이야기를 해 주었습니다.

"속초에서였지요. 당시 저는 자전거로 과일 배달을 하고 있었습니다. 아침인데 선생님은 술이 덜 깬 상태로 혼자 거리를 걷고 있었습니다. 제가 커피를 한잔 사드리고 싶다고 말했지요. 다방에 들어가 이런 저런 이야기를 나누면서 드럼을 공부한다고 말씀드린 적이 있습니다. 그리고 밖으로 나와 선생님이 저를 바다가 보이는 곳으로 데리고 가시더니 슬프고 고통스러울 때는 스틱으로 저 바다를 두드리는 자신의 모습을 연상하라고 말씀하셨습니다."

아, 저는 그제서야 그때 속초에서 만났던 한 청년을 떠올릴 수 있었습니다. 저는 그때 그 청년이 너무도 진지하고 성실해 보였으므로 꼭 한번 춘천에 찾아오라고 출판사에서 만들어준 명함까지 건넨 적이 있습니다. 제가 없을 때 찾아오더라도 각별하게 대해주라고 아내에게 당부해 두었지요. 아내도 그 사실을 기억하고 있었습니다. 그러나 그는 춘천에 오지 않았습니다.

그리고 십 년이 지난 어제 저는 윤도현 밴드에서 그때 만났던 청년이 스틱으로 힘차게 바다를 두드리는 소리를 들었습니다. 감동적이었습니다. 뒷풀이에 참석하지 않을 수 없었습니다. 술을 조금 마셨습니다. 감회가 새롭습니다. 인연이란 얼마나 소중한 것인지요.

스승을 하늘나라로 보낸 어느 독자분께

존경하시던 분이 저세상으로 가셨을 때의 상심을 저도 잘 알고 있습니다. 천상병 선생님이 돌아가셨을 때 저는 그 사실을 믿고 싶지 않아서 가족들만 모두 장례식에 보내고 혼자 집에서 꺼이꺼이 울면서 술만 퍼마셨습니다.

살아가면서 많은 사람들을 하늘나라로 떠나보내게 됩니다. 저는 그때마다 이런 위안을 가집니다.

그분은 정말 아름답게 인생을 사신 분이셨지. 하늘나라에 천사가 부족해서 특채로 모셔 간 거야. 직장으로 말하자면 영전이지. 내가 존경하던 분의 영전을 슬퍼하지 말자. 그분의 아름다운 인생을 이제부터는 내가 조금이라도 마음으로 복제해서 남들에게 나누어주자.

기운을 내세요. 당신이 존경하시던 분은 틀림없이 더 눈부신 빛의 나라로 가셨습니다.

중광 스님이 가끔 제게 말씀하십니다.

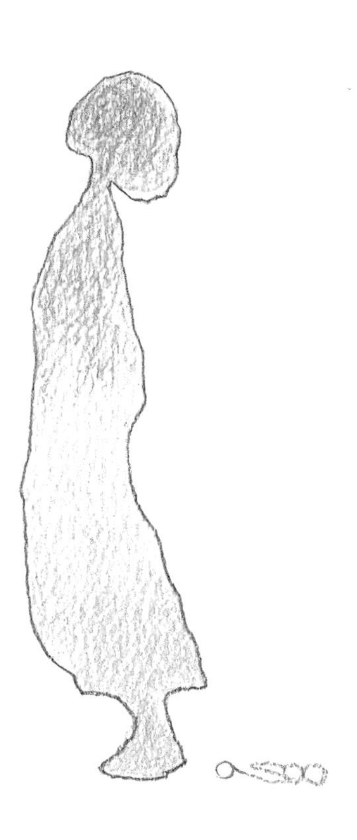

지난밤 천상병 도인이 천국에서 잘 있다고 나한테 전화했었지.

돌아가신 분의 마음을 복제해서 세상에 나누어주신다면 가끔 그분께서 천국의 소식을 전하는 전화벨 소리를 듣게 되실 겁니다.

우문우답

"달팽이에 대해서 공부하고 싶으면 어떤 마음을 가져야 합니까."

"달팽이와 합일하라."

"달팽이와 합일하려면 어떻게 해야 합니까."

"너를 버려라."

"저를 버리는 방법도 모릅니다."

"진심으로 너보다 못한 미물이 없음을 깨달으면 절로 버려지느라."

"저를 버리지 않고 달팽이를 공부할 때와 무슨 차이가 있습니까."

"너를 버리지 않고 달팽이를 공부하면 달팽이를 아는 일에 그치고 말지만 너를 버리고 달팽이를 공부하면 달팽이를 깨닫는 일에 이르게 되느니라."

"선생님 안마해 드릴까요."

"흥."

하나님 미워 - 2행 동화(二行童話)

옆집 꼬맹이가 하늘을 쳐다보면서 발악적인 목소리로 화이팅을 연발하다 이마에 빗방울이 떨어지자 그만 울음을 터뜨리고 맙니다.

유치원 소풍가는 날.

최고의 축원

깨달음이라는 포부를 웅대하게 품고 있다고 하더라도 자기뿐인 사유의 감옥에 갇혀 있는 사람이라면 그 웅대한 포부조차 하찮은 자기합리화의 도구에 지나지 않습니다.

현재 자신이 알고 있는 자기를 버리지 않는 사람은 천하제일 명당자리를 차지하고 한평생 수도를 해도 결코 깨달음에 도달할 수 없습니다.

우주 삼라만상이 하나의 진리 속에서 두루 부처를 품고 있어 그 본성이 아름답기 그지없다지만 대저 자기뿐인 사람에게 어찌 그것이 보일 수가 있겠습니까.

아상(我相)에 빠져 있는 자기를 처죽이라는 말은 충언이 아니라 일종의 축원입니다.

나는 담배를 끊을 자신이 없다

금연운동이 나날이 확산되고 있다. 건강에 해로우니 담배를 끊도록 하자는 운동이다. 월드컵 때는 경기장에서 담배를 피우지 못하도록 강제하는 방안까지 고려 중이라는 설도 있다. 건강에 해로운 걸 세금까지 부가해서 수많은 사람들에게 줄기차게 팔아먹을 때는 언제고 이제 와서 애연가들의 입장은 생각지도 않고 금연나팔을 불면서 난리뻥짝들인지 모르겠다.

요즘은 대부분의 건물들이 금연이라는 딱지를 붙이고 있다. 아예 흡연실이 없는 건물도 있다. 나는 독재군부시절을 회상하면 무조건 진저리가 쳐지는 체질을 가지고 있다. 하지만 독재군부시절의 단 한 가지 풍경만은 그리움으로 남아 있다. 거리에 여기저기 재떨이가 설치되어 있는 풍경이다.

나는 하루에 네 갑 정도의 담배를 피운다. 원래는 다섯 갑 정도를 피우는 인간 보일러였는데 엄청난 노력을 기울여 한 갑을 줄였다. 그러나 열받는 일이 생길 때나 글이 잘 풀리지 않을 때는 말짱 도로묵이다. 다시 다섯 갑이나 여섯 갑으로 올라간다.

담배는 중독성이 있기 때문에 끊기가 그리 쉬운 기호품이 아니다. 특히 글쟁이들은 일반인들보다 담배에 대한 정신적 의존도가 높아서 더욱 끊기가 어려운 입장이다. 글이 풀리지 않으면 자신도 모르게 담배에 불을 붙인다. 때로는 담배에 불을 붙였다가 자신이 이미 다른 담배를 입에 물고 있다는 사실을 자각하고 실소를 금치 못하는 경우도 빈번하다.

나는 지독하게 가난하던 시절에도 담배를 끊을 수가 없었다. 비가 와서 거리에 나가 꽁초를 구할 수가 없으면 주인집 김치를 훔쳐다 두꺼비집에 말려서 피운 적까지 있다. 매운 맛이 함유되어 있으니까 아쉬운 대로 담배를 대신할 수 있을지도 모른다는 생각에서였다. 하지만 말린 김치를 피우는 맛은 한마디로 으악이었다.

금연운동가들이여.

제발 내게는 담배를 끊자고 선동하는 일이 없기를 바란다. 건강을 생각해서라는 말도 삼가주기 바란다. 나는 담배를 끊게 되면 건강을 회

복하기도 전에 스트레스로 먼저 이 세상을 하직할지도 모른다.

신경에 해로운 담배를 끊기는 방안보다는 건강에 해롭지 않은 담배를 만들자는 방안은 왜 생각해 보지 않았는가.

이 나라의 기관이나 단체들은 국민들이 요구하는 사안들은 한결같이 등한시하면서 국민들에게 요구할 사안들은 한결같이 중요시하는 만성복지불감증후군에 감염되어 있다. 담배보다 몇 배나 치명적인 악성질환이다.

전업

"언제부터 아프셨습니까."

"일주일쯤 됐는데요."

"나을 때가 되었는데."

독감 때문에 병원에 갔다온 아내가 의사와 나눈 대화랍니다.

진찰도 안 하고 첩약을 해주더라면서 아내가 달갑지 않은 표정으로 한 마디를 덧붙였습니다.

"요즘 의사들은 점까지 치는 모양입니다."

죽어도 같이 죽고 살아도 같이 삽시다

드디어 춘천에도 비가 줄기차게 쏟아지기 시작했습니다. 창문이 서너번 경기를 일으키더니 천둥소리로 이어졌고 일순 도시의 관절이 요란하게 부러져 나가는 소리가 들렸습니다.

전생에도 비는 석 달 열흘이나 계속되었고 하나님께서는 노아한테만 그 사실을 미리 귀띔해 주셨지요. 노아는 어딘가에 은거해서 거대한 방주를 만들었습니다. 하지만 우리는 모두 속수무책으로 수몰되고 말았지요. 물론 그때 우리는 부끄러움을 모르고 살았었지요.

하지만 아무리 그래도 의리가 있지, 노아는 우리한테 무슨 말이라도 한 마디 해주었어야 되는 거 아닙니까. 같은 인간으로서 배반감을 떨쳐버릴 수가 없습니다.

전 인류를 용서해 주시지 않는다면 자기도 같이 죽도록 해달라고 생떼를 써야 마땅한 노아였거늘, 아무도 모르게 배를 만들어 자기네 식구들끼리만 위기를 모면하다니. 아직도 천 길 물 속은 알아도 한 길 노아 속은 모를 일입니다.

글을 쓰고 있는 동안에 신기하게도 빗소리가 기세를 죽이기 시작했습니다. 다시는 물로써 인간을 벌하지 않으시겠다는 하나님의 약속을 상기시키기 위해서인지도 모릅니다. 잘못을 저지르고도 언제나 벌을 받기는 싫습니다. 하지만 벌을 받는 일이 두려워 억지로 착하게 사는 인간도 꼴보기 싫습니다. 물론 진실로 인간답게 살고 싶다면 최대한 잘못을 저지르지 않고 살아가려고 부단히 노력해야겠지요.

대부분의 인간들은 천둥소리 한 번에도 이불을 뒤집어쓰고 싶어하는 나약한 존재입니다. 특히 인간은 탐욕을 쉽게 떨쳐버리지 못하는 동물이지요. 그러니 탐욕 때문에 수시로 잘못을 저지르고 탐욕 때문에 수시로 이불을 뒤집어쓰고 싶어집니다. 하지만 인간으로서 부끄러움을 안다는 사실은 얼마나 다행스러운 일인지요. 어쩌면 인간은 부끄러움을 안다는 사실 하나 때문에 하나님의 기대 속에서 아직도 멸망이 보류된 상태로 살아가고 있는지도 모릅니다.

하지만 아무리 천둥번개가 요란을 떨어도 정치가들은 결코 이불을 뒤집어쓰지 않겠지요. 연일 부끄러움을 모르는 작태들만 일삼고 살아

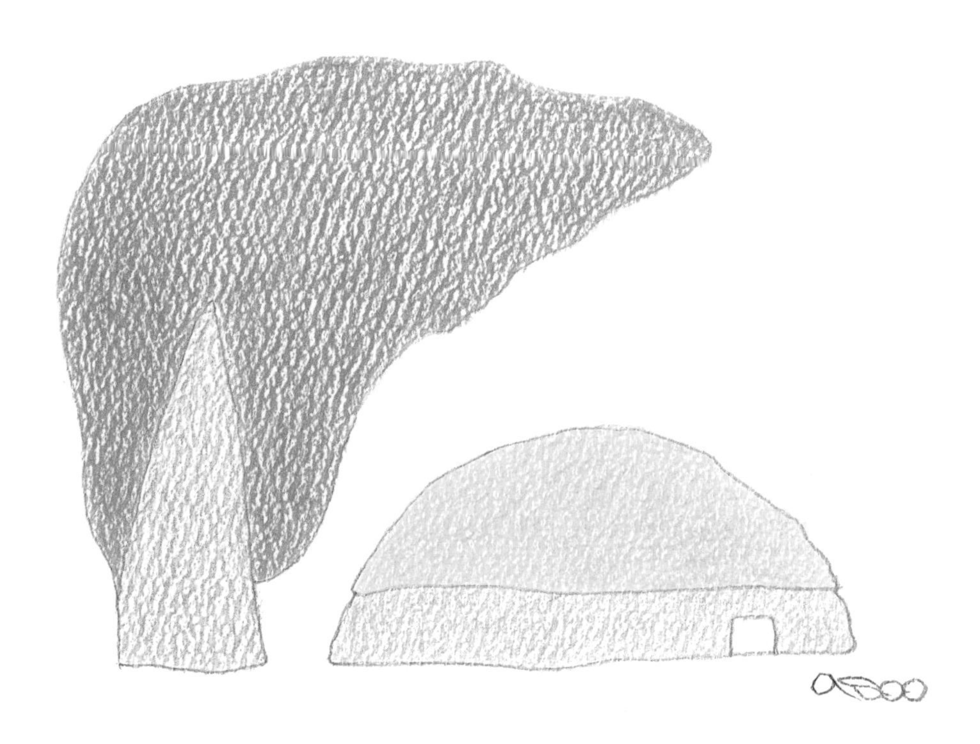

갑니다. 부끄러움을 모르는 작태들만 일삼고 살아간다는 사실은 하나님을 모르고 살아간다는 사실과 크게 다르지 않습니다.

그래서 저는 오늘 줄기차게 내리는 장맛비 속에서 하나님께 한 가지 소망을 간청하고 싶어집니다. 천둥소리가 들릴 때마다 이불을 뒤집어쓰는 사람들에게 다음에는 어떤 방법으로 인류에게 벌을 내리실지 은밀히 귀뜸해 주시라는 간청입니다.

물론 은밀히 귀뜸을 전해 들으신 분들은 방주를 만들던 노아처럼 쪼잔하게 굴지 마시고 저에게 그 내용을 상세히 알려주시기 바랍니다. 제발 같은 인간으로서 의리를 지켜달라는 말입니다. 자기들만 살아남으면 지상천국이 온다고 한들 마음이 편하실 리가 있겠습니까. 이번에는 죽어도 같이 죽고 살아도 같이 삽시다. 물론 그 사실을 다른 곳에도 열심히 알리면서 공범으로서의 소임을 다하시기를 간곡히 당부합니다.

구원의 요건

그대가 만인을 구원하고 싶다면
먼저 자신부터 구원해야 합니다.

배울 수 없는 것

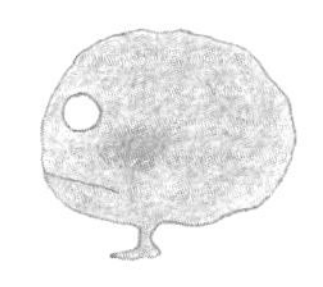

대구 MBC 봉두난발 이외수 특별전 마지막 날입니다.

11시쯤에 대구로 출발할 예정입니다.

오늘은 금세기 최고의 자동차 전문가라 불리는 한 독자님이 핸들을 잡으실 예정입니다.

많은 분들이 그림을 보고 가셨다는 소식 들었습니다.

그림들만 걸어두고 바쁘다는 핑계로 첫날과 끝날만 참관하는군요.

초대전을 열어주신 관계자들께는 무척이나 죄스러운 마음이지만 그래도 관객들께 그림을 설명해야 하는 곤욕은 피했으니 그걸로 위안을 삼아야겠습니다.

저는 개인적으로 아는 만큼 보인다는 말이 예술에는 적절치 못하다는 견해를 가지고 있습니다. 안다는 사실이 오히려 감상을 방해하는 경우가 더 많기 때문입니다. 그래서 소설이나 그림을 설명해야 할 경우를

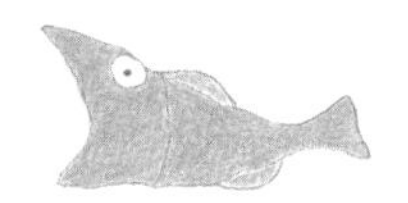

만나면 부담스럽기 짝이 없습니다.

자주 접하다 보면 말이나 글로는 표현이 불가능한 세계가 예술 속에 존재하고 있음을 절로 알게 됩니다. 그때는 예술을 안다는 사실이 부끄러움으로 변하지요.

기술은 배우거나 가르칠 수 있지만 예술은 배우거나 가르칠 수 없다는 말을 한 번쯤 깊이 생각해 보시기 바랍니다.

어제 외출해서 춘천의 가을풍경을 감상했지요. 줄곧 수채화를 그리고 싶은 충동에 사로잡혀 있었습니다. 춘천은 가을이 아주 잠깐만 머물렀다 떠나는 도시입니다. 가을이 다 가기 전에 햇빛 좋은 날 가족들과 이젤을 들고 야외로 한번 나가볼 예정입니다.

10월의 마지막 주말이네요.

모두들 평생을 두고 기억될 만한 아름다운 추억 만드시기를 빌겠습니다.

겨울만 되면 도지는 병

지금 시각 새벽 여섯 시 사십 분. 가을이라면 창문이 환해질 시각이다. 그러나 지금은 겨울이다. 창문은 도무지 밝아질 기미를 보이지 않는다. 그저 어둠만 가득하다

갑자기 아무런 이유도 없이 새벽 냉기와 함께 가슴 복판으로 참혹함이 밀려든다. 겨울만 되면 도지는 병이다.

기상청의 일기예보가 정확하다면 춘천은 지금 영하 10도. 체감온도는 영하 20도 정도가 될 거라고 추정하고 있다. 나는 세상이 추워서 여름에도 내복을 입는 사람이니까 체감온도로 따지자면 냉동인간이다.

추위는 외로움의 농도를 더욱 짙게 만든다. 그리고 외로움은 언제나 그리움을 동반한다.

세상은 갈수록 척박해지고 있다. 그런 와중에 너무 많은 이름들이 내 곁을 떠나갔다.

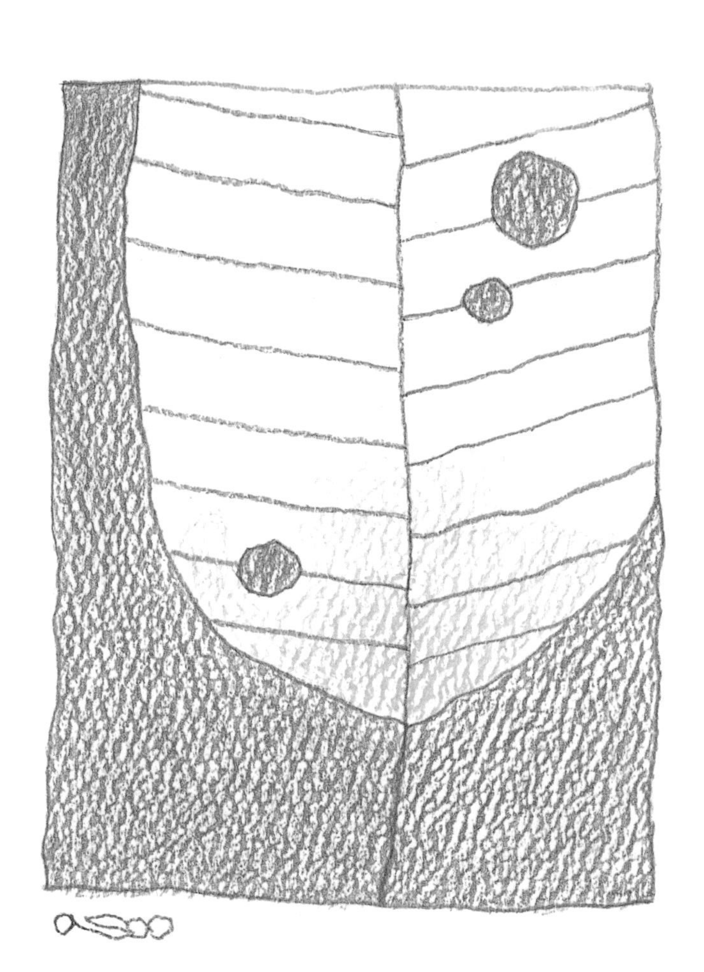

우리가 기다리던 21세기. 그러나 20세기 때보다 더 많은 병폐들이 도처에서 기승을 부리고 있다.

세상이 척박할수록 책을 많이 읽어야 한다.

그러나 속물들은 세상이 척박해질수록 책으로부터 멀어져 가는 특성을 드러내 보인다.

환갑을 바라보는 나이에 아픈 허리를 부여잡고 밤을 새워 글을 쓴다는 사실이 도대체 무슨 의미가 있는 것일까. 물질보다는 정신을 추구하는 인생을 살아가자고 혼신을 다해 역설해 보지만 사람들은 한사코 반대편으로만 걸음을 옮기고 있다.

민심은 천심이라는 말이 있다.

날씨도 예전 같지 않다.

이외수가 정치가로 변신한다면 - 가상현실 100문 100답

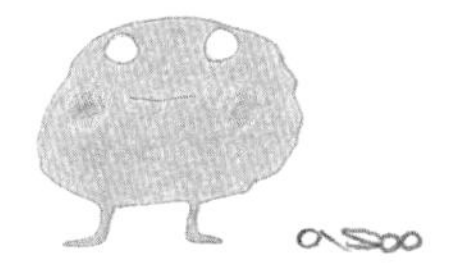

아래 설문지는 어느 홈식구께서 올린 아이엠 그라운드 자기소개하기를 바탕으로 만들어본 가상현실입니다. 날씨가 후덥지근해서 웃음을 선사해 보고자 만든 거니까 실제상황으로 착각하셔서 저를 인간이하로 분류하시는 분이 없으시기를 간곡히 앙망합니다.

1. 성명 : 이외수
2. 생년월일 : 1946년 8월 15일 추석이 제 생일입니다. (이날 선물이나 돈봉투 안 가져오는 공직자들은 명단을 작성해서 문책하겠사오니 참조하시도록.)
3. 주소 : 춘천시 교동 158-21 (곧바로 주소를 알려드리는 의미를 위 항목을 참조하여 눈치 채시기를.)
4. 혈액형 : A (대학 다닐 때 받고 싶었던 학점과 똑같은 모양의 알파벳이다.)
5. 키 : 169cm (뒤에 붙은 측량 단위에서 c를 뺄 수만 있다면 얼마나 좋을까.)
6. 몸무게 : 46kg (내가 청렴결백한 정치가라는 사실을 과시하기 위해서 언제나 사실 그대로 기재한다.)

7. 신발사이즈 : 아부근성이 있는 사람들이 알아서 딱 맞는 신발을 사오기 때문에 본인은 사이즈 같은 거 전혀 알 필요성을 느끼지 않는다.
8. 성격 : 단순무식. 표리부동.
9. 장래 희망 : 인류 역사상 최대 장기집권자로 기록되는 대통령.
10. 잘 하는 것 : 공약 남발하기. 인권유린하기. 오리발 내밀기. 부정부패 조장하기. 나라 말아먹기. 모두 열거하자면 자판이 다 닳아 없어질 정도입니다. (혀를 차는 사람에게 한 마디 — 정직한 게 무슨 죄람.)
11. 취미 : 제도 바꾸기. 양심파괴. 도덕멸시.
12. 가장 감명 깊었던 책 : 전화번호부.
13. 애창곡 : 애국가.
14. 존경하는 인물 : 히틀러.
15. 즐겨 먹는 음식 : 오리구이. (수시로 사용할 오리발을 확보하기 위해서. 하지만 좋아하는 음식은 통닭이다.)
16. 좋아하는 여성상 : 선거 때마다 나를 찍어야 나라가 부강해진다고 입에 거품을 물고 떠벌리면서 돌아다니는 여성.

17. 싫어하는 여성상 : 민주니 자유니 인권이니 하는 단어들을 자주 입에 올리는 여성.
18. 꼴불견이라고 생각하는 것 : 다른 입후보자 선거운동하는 인간들.
19. 가장 난처했을 때 : 거액의 뇌물을 상납했는데도 공천에 탈락되었을 때.
20. 현재의 고민은 : 들어오는 뇌물은 줄어드는데 나가는 뇌물은 늘어나는 것.
21. 가장 감명 깊었던 영화 : 내 얼굴이 클로즈업된 적이 있는 대한뉴스.
22. 아내의 장점 : 지식인을 우습게 안다.
23. 아내의 단점 : 정치가도 우습게 안다.
24. 자녀들에게 해주고 싶은 말 : 절대로 다른 놈 찍으면 안 된다.
25. 월드컵에 대해서 한 말씀 : 모든 컵은 실용성도 있어야 하지만 디자인도 좋아야 한다.
26. 자신이 가장 사랑하는 사람은 : 내 정치 라이벌에게 타격을 입히는 사람.
27. 가장 마음에 드는 아이디는 : 하심. (정치가 앞에서는 누구나 하심

을 가져야 한다는 생각에서.)

28. 가장 마음에 안 드는 아이디는 : 식물 이름, 동물 이름, 기타 무생물, 그리고 추상적인 이름들. (유권자가 아니라는 생각 때문에 거부감이 생긴다.)
29. 가장 좋아하는 색깔은 : 유권자에 따라 달라진다. (유권자가 빨간색을 좋아하면 나도 빨간색을 좋아한다고 말하고 유권자가 파란색을 좋아하면 나도 파란색을 좋아한다고 말한다. 그러나 사실은 회색분자이기 때문에 회색을 좋아한다.)
30. 자신의 아이큐는 : 극비사항이지만 홈식구들을 위해 공개한다. 고등학교 2학년 때 검사를 기준으로 하면 86이다. (적성에 맞는 일은 잔디 뽑기.)
31. 보물 1호는 : 틀니. (현대인들은 외모를 중시하기 때문에 틀니 빼고 출마하면 표가 팍 떨어질 우려가 있다.)
32. 가장 나빴던 학교성적은 : 정치가에게 정직한 대답을 기대하는가. (어떤 경우에도 상위권에서 밀려난 적이 없다.)
33. 이곳에 오는 이유는? : 표밭이기 때문에 온다.
34. 거울 보고 난 후 자신의 마음은 : 아무리 봐도 대통령감이야.

35. 싫어하는 장소 : 유치원. (정치에 직접적인 영향을 주지 못하는 애들에게 시간을 낭비할 이유가 무엇인가. 혹시 학부형 회의가 있다면 몰라도.)
36. 자신의 장점 : 너무 잘났다.
37. 자신의 단점 : 지나치게 많은 능력을 가지고 있다.
38. 지금 생각하고 있는 것 : 이 짓거리가 출마에 어떤 영향을 미칠까.
39. 자신이 생각하는 최대의 엽기 : 정치 일선에서 밀려나는 일.
40. 비 오는 날에는 : 도처에 전화를 건다. (무슨 껀수라도 생기기 마련이다.)
41. 잘하는 운동 : 선거운동.
42. 잘하는 외국어 : 어느 나라를 가든지 언어소통에는 절대로 불편을 겪지 않는다. (통역관을 데리고 다니니까.)
43. 결혼하고픈 나이는 : 전영자 여사에게 맞아 죽을 각오가 되어 있는 나이가 되면 공표하겠다.
44. 텅 빈 운동장에서 외치고 싶은 말 : 말세가 왔다아. (참모 시키들, 도대체 선거운동을 어케 했길래 운동장이 텅 빈 거야!)
45. 이성 친구가 있다면 주고 싶은 물건은 : 명함.

46. 지금 가장 가지고 싶은 것은 : 금배지.
47. 가족계획에 대한 견해 : 많이 낳을수록 유리한 것을. (괜히 둘만 낳았다.)
48. 맞벌이를 어떻게 생각하는가 : 돈을 많이 벌 수만 있다면 애들까지도 앵벌이를 내보내야 한다.
49. 신혼여행은 어디로 : 급소를 찌르는군. (겨울에 날씨가 너무 추워서 어린이 대공원 열대식물원에서 보냈음.)
50. 여행 가고 싶은 나라 : 장기집권을 하는 독재국가라면 어디든 가서 비법을 전수받고 싶다.
51. 가장 사랑하던 애인이 죽었다면 : 정치 라이벌의 테러에 의한 죽음으로 몰아붙인다.
52. 길을 걷다가 돈 1억 원을 주웠다면 : 선거자금에 보태 쓰라는 하나님의 배려로 알고 부녀자들의 환심을 사는 일에 전액을 투자하겠다.
53. 나쁜 습관이 있다면 : 국가와 민족의 장래를 지나치게 걱정하는 것.
54. 즐겨보는 TV 프로그램은 : 리모콘으로 이리저리 탐색하다가 이쁜 탤런트가 나오면 채널을 고정시킨다.
55. 나의 패션 : 당선자들이 단골로 드나드는 양복점을 수소문해서

맞춤복으로 구입한다.

56. 난 이럴 때 죽고 싶다 : 죽고 싶다니, 나는 인류가 멸망한 뒤에도 끝까지 혼자 남아 나라를 지키겠다.
57. 지금 가장하고 싶은 일 : 대통령이 되어 애국애족에 신명을 다 바치고 싶다.
58. 지금 가장 소유하고 싶은 것 : 절대권력.
59. 통일이 된다면 : 북한 동포들이 내가 김일성보다 훨씬 위대한 지도자라는 사실을 하루 빨리 인정할 수 있도록 해달라고 천지신명께 날마다 기도하겠다.
60. 동성연애자에 대한 생각은 : 나만 지지해 준다면 신경 쓰지 않는다.
61. 비가 내리면 생각나는 그 사람 : 수해지역을 선거구로 활동하는 정치인. (피해가 막대할수록 타격이 크겠지. 다른 정치인이 곤경에 처하는 건 무조건 통쾌하다.)
62. 공포의 대상이 있다면 : 임꺽정. 홍길동. 일지매. (얘들은 이름만 들어도 왠지 켕긴다.)
63. 자신이 본 영화 중 가장 야했던 영화는 : 그런 영화 볼 시간 있으면 직접 실습에 전념한다.

64. 가장 가슴이 아팠을 때 : 출마자들 중에서 최저 득표로 낙선했을 때. (국가와 민족의 암울한 장래 때문에 가슴이 미어지는 슬픔을 맛보았다.)
65. 행복을 느끼는 때 : 대통령에 당선된 자신의 모습을 상상할 때.
66. 살면서 가장 창피했던 적은 : 마누라가 선거 때 내 이름 밑에 붓뚜껑으로 동그라미를 세 개나 찍어서 무효표를 만들었다는 사실을 알았을 때. (투표장에 가서 신작 비디오 등급 정하냐.)
67. 살면서 가장 격분했던 때는 : 아들놈 둘이서 투표도 안 하고 미팅을 했다는 사실을 알았을 때. (배은망덕한 시키들, 그때부터 용돈은 동결되었다.)
68. 남자와 여자의 가장 큰 차이점 : 달리기를 하면 여자는 윗쪽이 흔들리고 남자는 아랫쪽이 흔들린다.
69. 어떤 친구가 좋은가 : 아낌없이 선거자금 보태주고도 본전 생각 안 하는 친구.
70. 화가 나면 어떤 특성을 보이는가 : 화가 나지 않은 듯한 특성을 보인다.
71. 못 먹는 음식 : 뻥튀기. (이름부터가 정치가의 과장된 면모를 비웃

는 듯한 음식이다.)

72. 정말 자신 있는 거 : 책임회피.
73. 미스코리아 선발대회를 어떻게 생각하는가 : 요즘은 별로 안 이뻐야 미인으로 평가된다는 사실을 알게 만드는 대회다.
74. 친구와 약속을 한 뒤, 상대방이 나오지 않았다면 : 무척 건방진 놈으로 간주한다.
75. 쌍거풀이 있는 이성과 없는 이성 중 자신의 타입은 : 쌍거풀이 있다고 두 번 투표하지는 않는다.
76. 돈에 대한 심리적 부담이 있다면 : 지체없이 확실한 껀수를 물색한다.
77. 가장 사랑하는 애인이 딴 애인이 생겼을 때 : 딴 애인이 나보다 높은 놈이면 찍소리 안 하고 물러서는 게 상책이다.
78. 언제까지 정치계에 머무르고 싶은가 : 우리 나라 정치인들의 특성대로 종신토록 머무르겠다. 애국심으로 해석해 주기 바란다.
79. 태양빛이 좋은가 달빛이 좋은가 : 정치가로서는 단연 태양빛이다.
80. 이성친구가 있다면 생일선물로 주고 싶은 것은 : 어떤 경우에도 선물은 현금이 제일이다.

81. 이곳에서 얻는 행복은 : 당선에 대한 기대치가 높아진다는 사실이 행복 그 자체다.
82. 이곳에 바라는 점은 : 그 누구도 제발 배반만은 때리지 마시기를.
83. 가장 좋아하는 외국 배우는 : 미키마우스. (어쨌든 외국 인산들은 내가 알아 듣지 못하는 말만 지껄여서 골치 아프다.)
84. 가장 아끼는 물건이 있다면 : 몽도리 부적. (신통력이 있다.)
85. 약속 시간을 몇 분까지 기다릴 수 있나요 : 돈과 표에 관계된 일이라면 얼마든지 기다릴 수 있다.
86. 살면서 가장 허무했을 때 : 내 이름을 모르는 동네 유지를 만났을 때.
87. 한 달 또는 일 년 분의 용돈은 : 마누라한테는 비밀이지만 생활비보다 훨씬 많은 액수다.
88. 좋아하는 과일 : 비싼 과일.
89. 좋아하는 계절 : 선거철.
90. 좌우명은 : 청렴결백. 애국애족.
91. 이성을 볼 때 가장 먼저 보는 곳 : 액세서리가 부착되어 있는 부위.

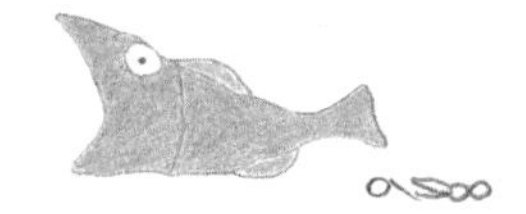

92. 지금 가장 생각나는 속담 : 양반은 물에 빠져도 개헤엄은 안 친다.
93. 지금까지 별명은 : 단무지. (단순하고 무식하고 지랄 같다를 줄인 말이다. 기분 나쁜 별명이지만 그걸 무기로 정치판에서 살아남았다.)
94. 성형수술을 한다면 고치고 싶은 부위 : 이대로 훌륭하다는 생각이다.
95. 신체부위 중 가장 괜찮다고 생각하는 부위 : 아무리 뜯어봐도 흠잡을 데가 없다니까.
96. 사랑이란 : 존재하지 않는다. 오직 생존경쟁만이 존재할 뿐.
97. 첫 키스에 대한 경험은 : 오로지 학업에만 전념했을 뿐, 이성에 대한 관심이 일절 없었기 때문에 기억이 모호하다.
98. 종교는 : 무더기로 표를 얻을 수만 있다면 어떤 종교에도 우호적인 태도를 보인다.
99. 자신이 간직하고 있는 비밀 : 나와 관련된 정치적, 경제적 비리는 모두 비밀이다.
100. 친구들에게 가장 많이 듣는 말 : 나라 말아먹을 놈.

다 쓰고 훑어보니 역시 소설가로 남아 있는 편이 훨씬 좋겠다는 생각이 드는군요. 새로운 일주일이 문을 활짝 열었습니다. 즐겁고 아름다운 날들이 계속되기를 빌겠습니다.

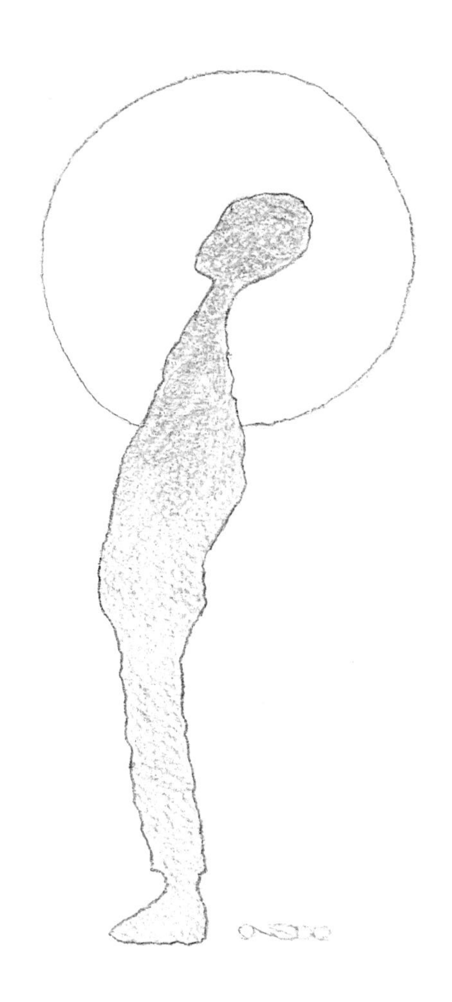

어찌 사람만이 희망이겠습니까

모든 존재가 우리들의 사랑입니다.

당신이 어떤 사물에게서 진실로 아름다움을 느껴

자신을 망각하는 순간

바로 그 순간이 편재(遍在)의 문턱에 들어서는 순간입니다.

바보바보

초판 1쇄 2004년 6월 25일
초판 11쇄 2007년 10월 5일
개정판 1쇄 2008년 4월 20일
개정판 15쇄 2014년 9월 25일

지은이 | 이외수
펴낸이 | 송영석

책임편집 | 이진숙
기획편집 | 이혜진 · 차재호 · 이현정
외서기획 | 박수진
디자인 | 박윤정 · 박새로미
표지디자인 | (주) 끄레 어소시에이츠
마케팅 | 이종우 · 한명회 · 김유종
관리 | 송우석 · 황규성 · 김지희 · 황지현

펴낸곳 | (株) 해냄출판사
등록번호 | 제10-229호
등록일자 | 1988년 5월 11일

서울시 마포구 잔다리로 30(서교동 368-4) 해냄빌딩 5 · 6층
대표전화 | 326-1600 **팩스** | 326-1624
홈페이지 | www.hainaim.com

ISBN 978-89-7337-963-7